一切的一切，都交给时间吧

日々是作文

〔日〕山本文绪——著
王蕴洁——译

中国友谊出版公司

目录

CONTENTS

第二章 今夜的枕边情人

第三章 琐碎的工作（文字处理机时代）

前言

我很伤脑筋。到底为什么伤脑筋？就是在写这篇“前言”时，不知道该用什么文体。不仅是文体的问题，我甚至不知道该一本正经地写，还是要随兴地写；是该写出感性的感觉，抑或采用戏谑的笔调。老实说，我连该写得长一点或短一点都没有头绪。

本书是我第一本“没有概念”的书。通常，在写文章时，我会先思考印刷成册时的体裁后再落笔，所以，从来不曾为文体或文章的长短伤神。

对了，我想到了，不妨就用这句“没有概念”作为借口吧。虽然这种态度未免太消极，但既然决定了，就姑且让我用这个借口吧。

本书是我将自己在四十一岁之前的十年期间，为各家杂志的邀稿所写的作品汇集而成。说起来，就像平时会搜集空宝特瓶作为资源回收利用一样，也可以将本书称为一本“资源回收书”。

这里，有三十一岁时的我。真让人感慨。感慨啊。啊呀呀，真想偷偷地告诉那个刚离婚，既没有工作，也没几个钱，只能回娘家当“米虫”的三十一岁的我：不久之后，你会得到吉川英治文学新人奖和直木奖哟。每搬一次家，房子会越来越大哟。三十九岁时，你会再婚哟。但如果不节制一点，体重会增加将近十公斤。三十四岁时，会经历一次惨痛的失恋。得到直木奖后太忘乎所以了，结果就得了抑郁症住院哟。不过，三十一岁的我即使听到这些话，也绝对认为是天方夜谭，根本不可能相信。

编本书时，我尽可能按照在杂志上发表的顺序来排，但之所以在第一卷安排“花需要水，我需要恋爱”，是因为我不太敢让读者一开始就看到自己在三十一岁时写的“今夜的枕边情人”。同时，我也感到很心虚。因为，这是我作家生涯中的第一次连载。三十一岁的我，请你拉长耳朵仔细听好了：你会因为出版社关门大吉而领不到“今夜的枕边情人”最后两篇的稿费。但是，你没有怀恨在心，这点很了不起。但我至今仍然耿耿于怀，而且还在这里再度提起，这代表我这个人很记仇吗？

让我回想当初。

“花需要水，我需要恋爱”是刊登在著名时尚杂志 *Domani* 扉页的散文，这是一次令我备感荣幸的连载。虽然内心对这份连载倍感荣幸，但在卡地亚（Cartier）、菲拉格慕（Ferragamo）的广告隔页，写一些“男性裸露私处”之类的话题，常让当时的主编直冒冷汗。篇名不是我取的，是编辑部的创意。“随时启动恋爱开关”这种题目，我绞尽脑汁也想不出来。对了，记得当初委托我连载时的主题好像是要写“基础的恋爱指南，在日常生活中的心动感觉”。我说过，对能为这份杂志写连载引以为荣，但至今依稀记得听到这个主题时，自己嘴里不停地念念有词“心动，噢，心动”，有一种双腿发软的感觉。但我还是光荣而愉快地完成了这一系列的连载。

“今夜的枕边情人”是有关阅读的散文。它只要写出对当月所看书籍的感想，内容不拘，是自由度很高的连载。其实，直到最后，我都在犹豫要不要把这些文章收进这本散文集中。因为，这些文章似乎太生涩了。归根结底，就是写得太差了。而且，之前我从来没有想过要把这些文章收录到散文集中，因此，和其他散文有许多重复的部分。但在几位看过这些文章的人认为“这些文章很有趣，你一定要收录进去”后，禁不起他们的抬举，我便堂而皇之地将其收了进来。之前也提到过，那时我刚离婚，在金钱和工作方面都很不顺遂，乃至无法独立生活，那时期的连载，对于一贫如洗的我而言，是一份难能可贵的稳定收入。那时候，之前养的猫还在世，计算机还没走入一般家庭，手机也还没有普及。

在“琐碎的工作（文字处理机时代）”中，顾名思义，记录了我还无法靠小说维生的时代。当时，只要有人邀稿，我就会像居酒屋的店员般精神抖擞地回答：“好！谢谢你给我这个机会！”接了许多零零星星的工作。

前三篇是短篇小说。那是《月刊角川》的全盛时代，为 CLASS 的男性双重唱（可能大部分人根本不记得有这个团体）的广告所写的文章。我的文章可以刊登在《月刊角川》上！光是这件事就足以让我兴奋不已。而且，可以去 CLASS 的演唱会和他们握手。对刚离婚的我来说，这份足以被称为“大事”的工作令我欣喜若狂。唉，有多少年没握男人的手了。啊，感慨。

但这些文章中并没有提到感慨的事，写的是文字处理机。我用获得少女小说奖时领到的三十万日元奖金，买了第一台“Oasis”。之后，我已经忘记换了多少台。每次换新，性能就越来越好，价格却越来越低，最后，甚至具备了计算分析、链接因特网的功能。文字处理机这么好用，到底为什么突然停止制造了？我至今常在想，文字处理机的方便之处，在于它和打印机合二为一，而且，很少会死机或发生故障。如果说，文字处理机是被时代的潮流淘汰了，我也无话可说。《恋爱中毒》是我用文字处理机写的最后一部作品。

在文字处理机时代，我如愿在东京的目黑区开始独居生活，之后，也曾搬到中野区住了一段日子。虽然接的小说约稿逐渐增加，但还有时间去上英语会话课，看电视到深夜，迷电玩，仍然“好！谢谢你给我这个机会！”地接零星的散文撰写工作，精神和体力都还很充裕，那是一段灿烂的日子。现在，我搭出租车已经不会晕车了（请看内文），非但不会晕车，最近，搭出租车过头了。

“琐碎的工作（开始用电脑后）”从一九九八年，我买的第一台计算机开始。当时，我家的电视还是十四英寸的电视录像机，但买的第一台计算机的屏幕比电视还大，足足有十六英寸。那时的笔记本电脑还没有到可以轻易出手的价格。

在阅读过程中，各位读者可能会发现，从那段时间开始，我的散文渐渐有点刻板，或者说，有点自暴自弃。那一阵子，刚好是我的小说《恋爱中毒》获得了吉川英治文学新人奖。现在回想起来，当时的精神负荷太重了，我已经无法再像居酒屋的店员那样精神抖擞，但我自己不愿意接受这个事实，因此，整个人处于痛苦不堪、暗中摸索、不断尝试、缓不济急的状态。在写直木奖得奖散文《爱恨闪电》时，更达到了前所未有的严重状态。

如今，我不只用一台计算机，而是同时使用好几台计算机，也请朋友帮忙制作了属于我的个人官方网站，而且还请了秘书，真是太不知天高地厚了。

我搬进了大房子，又重新开始养猫。由于房子是租的，只能偷偷地养猫。之后，又搬家、再婚（结婚后仍然分居），一直到今天。因特网已经成为我生活中不可或缺的一部分，在此告诉大家一个秘密：我和秘书是在网络的布告栏上结识的。

现在，一度非戒不可的酒也慢慢可以喝了；我不再介意别人问我的年龄，也很想知道气象预报员平井信行先生目前身在何处。

如此这般，这是我在激动的十年内，抱着各种不同的心情，为各种不同的媒体所写的作品集，时而戏谑、时而严肃。文体各不相同，各位或许会看得很辛苦，还请多多谅解。

至于我每天是否真的在写文章，如果各位读者能睁一只眼、闭一只眼地不予追究，将是本人的最大荣幸。

二〇〇四年冬

山本文绪

第一章

花需要水，我需要恋爱

随时启动恋爱开关

-

只要你一打开开关，

或许就可以看到不一样的色彩。

-

料理高手或是收纳高手之类的名号，听起来就很棒，但“恋爱高手”的封号呢？

这个女人是恋爱高手。当听到这句话时，许多人会产生诸多联想，“情场得意的多情女——每场恋爱都一帆风顺——只有她抛弃别人的份，从来没有被别人甩过——讨厌的女人”。噢噢，我也是这么想的。恋爱高手？恭喜你。如果可以赏给我一点她们指甲里的污垢，我会每天早晨泡在咖啡里当补品喝。

恋爱高手已经让人有这样的感觉了，那“床上高手”呢？如果这句话出自男性上司之口，绝对会被当成性骚扰。但是“床上高手”又有什么错？虽然女人都不想别人这样评价自己，但又很想拥有这个封号，真是进退维谷。不，我不是突然扯到床上的事，我们要谈的是恋爱问题。

要我谈谈这个问题？的确，近十年来，我经常摆出一副自以为是的面孔，在一些女性杂志的专访中侃侃而谈“和情人相处的聪明方法”“如何挑选理想丈夫”“如何寻找你的真命天子”之类的话题。虽然对那些杂志感到有点抱歉，但每次接到类似的工作，我就独自在房间里抱怨：“我还想要别人教呢！”

我和任何一个男人交往，最长不超过三年（而且还是淡淡的交往），通常在一年左右就分道扬镳。结了一次婚，也只撑了六年，最后还是以离婚收场。我既不知道和情人相处的聪明方式，也不懂该怎样选择理想丈夫。但我是靠这个吃饭的，在回答一堆有的没的问题之后，渐渐地，我发现了一个真理。

恋爱永远不可能称心如意。恋爱无法一概而论。恋爱不可能有《教战手册》。当我在心理学家小仓千加子的著作中看到《恋爱是现代社会中最后的不合理》那一章节时，感到自己终于松了一口气。

不合理，如《悲惨世界》（法国作家雨果的作品）。基本上，恋爱是一出悲剧，但悲剧的反面就是喜剧。所以，即使恋爱再怎么令人伤心难过，人们心里却觉得有趣得欲罢不能。

我是个笨手笨脚的人。这不是比喻，我笨手笨脚，身体也不灵活，所以也不会开车，运动神经的偏差值[1]是35（高中体育运动测验的结果）。秘书看到我连吃药粉也会呛到时，忍不住嘀咕："这才不是山本文绪呢！"

所以，无论想做任何事，都要从基础的基础学起。我经常拜托老师，把我当作幼儿园的小朋友来教。拜这些老师所赐，我已经学会了一口气游五十米；料理虽然称不上拿手，但至少已经可以照顾好自己的三餐。

然而，恋爱没有学校，只能靠自己摸索。我个人的摸索经验始于十五岁第一次交男朋友，至今已经历了几许岁月。对一件事有兴趣，才可能有长进。我很希望自己不计其数的恋爱失败经验，可以成为各位的借鉴。

由于要从基础的基础开始，所以首先从"如何寻找自己喜欢的男人"开始吧。

最近，我身边有好几个三十大几的女人都来找我诉苦："我找不到心仪的男人。""什么？"怀疑自己是不是听错了。我一看到自己心仪的男人，整个人都瘫掉了。还是说，我对男人的要求低得像捶木球的门栏？

有心仪的男人比没有的人快乐多了。暂且不管你们有没有可能在一起，也不管他有没有结婚，对任何人都无法动心的日子总觉得提不起劲来。虽然轻松，如果有人觉得乐得轻松，当然没必要

---

[1] 指低于平均水平的数值。日本人对学生的智力、体能等依照公式计算后得出的数值，经常作为该校的录取标准。通常50为平均值，75为最高值。

刻意去找一个心仪的男人，但我的这些女性朋友“想要有心仪的男人”。

其中，有人说了一句让我愣了一下的话，“山本小姐的开关永远都打开着”。她的意思是，我的恋爱开关一直处于“开”的状态。乍听到这句话，我还在心里嘀咕“说话真没口德”，但仔细思考一下，发现她或许说到了重点。

我问她：

“SMAP 里你喜欢谁？”

“嗯。都喜欢。”

问题就出在这里。在看男人的时候，我都会下意识地列出我的“心仪名次”，或是“差强人意名次”。当一大票人聚餐时当然要排名次，就连和年长的爷爷、伯伯辈聚会时，如果有六个男人，我就会排出 A 到 F 的“山本小姐心仪排行榜”。判断的标准和年龄、头衔无关，只是“看起来的感觉、一起聊天的感觉”；也并不代表之后会有什么发展。即使面对只见过一次面的人，甚至不曾交谈过的人，我也会像装上程序的观察仪一样，为自己面前的男人排名次。我很清楚，如果那些男人知道，绝对会对我说：“你这种人有什么资格帮我们排什么 E 啊 F 的？”所以，以 SMAP 为例，虽然有时候是木村拓哉第一名，有时候是香取慎吾占上风，但一定会有我自己的排行榜。

原以为，像我这种透过恋爱观察仪看世界的女人一定是稀有动物，没想到在向周围的朋友打听后，发现原来我并不孤独。这些人毫无例外的，都是在恋爱方面很积极，即使遭遇惨痛的经历也绝不退缩的“悍将”（当然也没有放弃梦想）。

如果觉得用这种眼光看男人好像在谄媚，整天在发情令人作呕，那就请你一辈子都守住你的节操。你可以啃着仙贝，完全不用努力，凭着“你本来的样子”，等待白马王子现身的奇迹。

平时练习帮男人排名次，在关键时刻的瞬间爆发力就会完全不一样。你会在无意识中养成找 A 的人说话的习惯。这只是第一步。

从现在开始，你不妨也用恋爱观察仪观察一下周围。即使是无聊的公司、无聊的通勤电车，只要你一打开开关，或许就可以看到不一样的色彩。

“一起吃饭”时的轻松感是恋爱的堕落？

-

当你和自己心爱的人一起吃饭时，

会不会感到紧张？还是觉得很轻松愉快？

-

在连载开始时，我每天清晨都会站在阳台上，对着朝阳，大声地问各位读者：

“怎么样？有没有心动的感觉？”

我在瞎掰。我很怕冷，很少去阳台；也没有特别问过谁，到底有没有心动的感觉。但清晨起床这一点倒没有说谎，只要没有赶稿，或是前一天晚上没有出去喝酒，通常我都会早起。理由之一，就是熬夜时肚子会饿，就会忍不住吃东西；理由之二，就是我缺乏基础体力。天一黑，我就觉得累了，想睡觉，好不容易撑到晚上九点（时下的小学生都还没有上床的时间）便立刻爬上床；理由之三，就是我真的很喜欢从黑夜渐渐迈向黎明的那段时间。虽然这样的表达方式显得很潦草，但黎明时分不是让人感觉很神清气爽吗？前一晚连续喝了好几家酒后回到家里，喝着加了一大堆砂糖的咖啡，（喝醉酒时，不是会有血糖值降低的感觉吗？还是只有我这么觉得？）也常让人陷入无限感慨——无论是生活有规律的人，或是碌碌无为的无赖，都可以迎接相同的早晨。

刚煮好的白饭，是早晨的另一大幸福。由于我都会用电饭锅预约煮饭时间，通常在早晨就会煮好一锅饭。即使没有情人的冬天，只要有刚煮好的、香喷喷的饭先生和松松软软的被子先生，就会让我有一种幸福的感觉。好温暖、好充实。难道只有我有这种感觉吗？

“最好能再瘦一点”，即使身边的人不跟我说，我自己也很清楚这一点。但老实说，很感谢自己的食欲。因为，虽然现在的体形横向发展，但以前我也经历过好几次“食不下咽的恋爱”。

以前，有一位读者在我的官方网站布告栏上的留言让我“惊为天人”。这位读者似乎对我“恋爱是庆典，结婚是生活”的发言十分感同身受。

“恋爱时，和他在一起觉得根本吃不下饭，或者说，根本不需要吃饭；结婚后，就会觉得和他在一起，饭也特别香。如果在恋爱的时候，觉得和他在一起，饭变得很好吃时，就差不多可以考虑结婚了。”

太精辟了！老板，给这位小姐来一杯鸡尾酒。

现在，当你和自己心爱的人一起吃饭时，会不会感到紧张？还是觉得很轻松愉快？

以前，我也谈过爱得很深，但一见面就会紧张的恋爱。虽然对方不是那种会为了芝麻小事就掀桌子的人，但我仍然战战兢兢，担心他会讨厌自己，而且还拼命掩饰自己的这种心情。即使他“临时召见”，我也会排除万难，衣服、妆容、指甲油、除毛都准备得无懈可击地去见他。现在回想起来，还真佩服自己竟然做得到这么麻烦、累人的事。在那样的恋爱中，由于随时处于紧张的状态，即使不需要减肥，体重也会自然掉下来。那时，朋友还夸奖我，最近皮肤变好了耶。只有事先在家里练习过一次，而且自己觉得很好吃的东西，才会动手做给对方吃，但听到对方说“好像太咸了点”时，心情就会跌到谷底。

这就是恋爱的醍醐味。虽然之后因为压力过大而搞坏了身体，但现在回顾当时的紧张感，我由衷地觉得那是多么难能可贵的东西。那段日子，整天想象、思考着对方喜欢的衣服、行为举止，挑选他喜欢的餐厅，简直到了脑门儿的血管都快要破的程度，还为清洁、保养自己的身体（虽然很粗制滥造）付出了不懈的努力。这种状态下，怎么可能吃得下饭？

现在，即使和别人吃饭，我也已经无法进入这种情境了。即使在外面吃饭，也会避免选择那种环境好、气氛佳的餐厅，尽量选择可以让心情放轻松的店；而且，比起在外面吃饭，用家里煮的白饭，配上海苔和热热的温泉蛋，淋一点酱油，更能够让我有幸福的感觉。对此无法感到满足的男人，我的精神和体力已经难以应付了，即使外表再帅，也会变成拒绝往来户。当然，这种男人也不可能喜欢一身运动服、眉毛杂乱无章的女人。

这是一种堕落。我压根儿都不觉得堕落是一件坏事，但不知道是不是只有我觉得“恋爱的心动”和“一起吃饭的轻松”是一种反比关系。

上一次，谈到了如何培养心仪的男人，我又要去阳台上，对着冬天的星座大声地问：

“各位女性朋友，有没有找到心仪的男人？你敢在他面前啃牛小排吗？”

不需要我再度声明，我并没有真的去阳台。但你敢在他面前啃牛小排吗？我在读高中时，就不敢在喜欢的男生面前吃炸鸡或汉堡，觉得好丢脸。结果，我找一个可以轻松聊天的同年级男生聊这件事，没想到，结果我们两个人凑成了一对儿。写到这里才发现，从十几岁开始，我就已经了解堕落的滋味了。但轻松的恋爱关系还是太平淡无奇了。不久，我又去追求富有紧张感的恋爱，然后又筋疲力尽，再度逃进“轻松的白饭”。

我想，每个人都或多或少地重复着这种永久运动。即使经历了一场轰轰烈烈的恋爱后步入礼堂的夫妻，不久之后，幸福的妻子也会暗自盼望“啊，偶尔也想要来一点儿心动的感觉！”（暂且不讨论她们最后有没有付诸行动的问题）

这是一种矛盾心理。喜欢一个人，可以让人小鹿乱撞，却也必须因此承受痛苦。然而，这种痛苦和紧张的感觉令人有一种特别的感受，它们会对平静、无聊的日常生活造成刺激，所以更棘手。如今，我只有袖手旁观的份儿了。

日本冠朱鹭[1]生存的理由

-

“因为女人都很白痴。”

我怀疑我听错了。但他不是在开玩笑，他的眼神很认真。

-

东京都内发现了日本冠朱鹭（学名：Nipponia Nippon）!

如果我突然这么大叫，大家一定以为发生了什么事。我真的发现了。原以为早已绝迹的公的日本冠朱鹭竟然在都市生存！我也被吓到了，但又觉得好兴奋。

某天，我和某位男性朋友共进午餐。我先声明一下，我们彼此完全没有恋爱感情。但彼此都认为对方是不错的工作对象，才会一起吃午餐。我想起一件事，年轻时，即使再小的工作我也愿意多接一个算一个，所以，和工作有关的饭局都当仁不让。但其实，参加

[1] 日本冠朱鹭：又名朱鹮（音 huán）。据 2008 年统计，野生朱鹮大约有 500 只。

工作上的饭局很痛苦，食不知味，而且有八成的概率会吃坏肚子。因此，到了这把年纪，终于进化到可以只喝茶，不吃饭了。从这点来看，岁月流逝似乎也不坏。

再说回刚才的话题。那是我和这位男性朋友第三次见面。他性格有点内向，属于文静、不多话的人，说话、做事很有一贯性，我认为他是个值得信赖的人。那天的午餐很不错，所以，大白天就点了葡萄酒来喝。我们从工作的话题聊到这个连载，当我提到最近一遇到男生，就会询问他们很多意见时，他突然说了这样一句话：

“因为女人都很白痴。”

我怀疑自己听错了。但他不是在开玩笑，他的眼神很认真。

“嗯？你这句话什么意思？”

“这还用说吗？男人当然比女人聪明多了。”

我的兴致来了，立刻加点了两人份的葡萄酒，“还有呢？还有呢？”催促着他继续说下去。他的意思是，女人无法用逻辑思考，最近，许多男人也是这样。他自信满满地说：“在全日本的男人中，我属于中上的范畴。”顺便介绍一下他的个人资料：四十多岁，单身，没有女朋友已经超过十年，在东京的出版社工作，却没有那种驰骋职场的活跃感。那天的午餐是我邀约的，当然是我请客，但他连假惺惺地掏钱包的动作都没有。

哇噢！日本的古代男人，天然古董。日本冠朱鹭，血统这么纯，当然要好好保护。所以，我也就硬生生地吞下了“所以你才交不到女朋友，也结不了婚”！这句话，生怕会伤害到天真的纯种，笑着和他道别。一回到家，我立刻抓起电话，到处宣布："我发现了日本冠朱鹭！"原本还以为大家会表示惊讶，没想到所有人的反应都出奇的冷淡。"这种人，我们公司一大堆！"的反应占了绝大多数。

怎么会这样？由于我从事自由职业的关系，不必勉强和自己不喜欢的人相处。看来，只是我以前没有发现这一点。

啊，回想起来，以前喜欢的人中，也有过日本冠朱鹭。那个人的外表看似普通，看似彬彬有礼，却从来没有为自己倒过茶，即使偶尔下厨，也从来不洗碗；他总是表现出一副自己博学多闻的样子，当我指出他的语病或自相矛盾之处时，就臭着一张脸不再说话。

日本冠朱鹭到底有哪些地方吸引我？（看起来）很有工作能力吗？（看起来）很博学多才吗？（看起来）很值得依靠的样子吗？（看起来）沉默寡言、不轻浮吗？（莫名其妙地）很有自信吗？

于是，我立刻打电话给各方男性友人进行问卷调查，结果听到一句石破天惊的话。

"年轻时，总觉得帮女人倒茶很吃亏。现在倒不会了。"

喔喔，原来如此。原来是觉得很吃亏。

写这些并没有要弹劾日本冠朱鹭的意思。如果我是女权主义者，一定会把他们打得落花流水，我想，我不是在生气，应该算是啼笑皆非吧。同时，也觉得他们太可怜了。以前，我就百思不得其解，"为什么男人总是莫名其妙地很有自信"？现在看来，恐怕是他们生长、生活的环境使然，而且，也从来没有人提醒过他们。

我突然发现，自己好像在写一种绝种动物。已经进入了二十一世纪，日本冠朱鹭之所以还能够堂而皇之地出现在东京，是因为有母的日本冠朱鹭温柔地支持着他们。

母的日本冠朱鹭到底有什么特性？当然是那些尊敬、利用公日本冠朱鹭的女人。就我猜想，那些女人一手包办了下厨、洗碗等所有的家事，对公日本冠朱鹭的自信满满视若无睹。因为她们不想自己思考、自行判断，只要把这些事推到别人身上，她们就不需要负任何责任。她们取悦公日本冠朱鹭，最后，和他们步入礼堂，让他们取代父母成为自己的监护人。

我真的没有丝毫批评的意思。我只是被吓到了。恕我直言，无论公的还是母的日本冠朱鹭，都应该慢慢走向绝种之路。而且，我希望呈压倒性多数的冠朱鹭男生，还有机会遇到濒临绝种的冠朱鹭女孩。

注意！说不定，在你周遭也有漂亮淡粉色的冠朱鹭。不管对他们说什么都是白费口舌，就把他们当成保护动物好好欣赏吧。

恋爱“臭”到底

-

恋爱就是一件麻烦事，

从今往后，也永远是一件麻烦事。

-

恋爱有一堆“臭”麻烦。或许，比干货店的鱼干，比粪坑还臭。恋爱有一堆麻烦、虚情假意，单恋的对象说的话听起来也谎话连篇；踌躇不定的自己显得很寒酸，却仍然难耐满腹的相思，把内心的苦恼和恋慕向朋友告白，却只得到“逊～”的回应。无论在工作上多么精明能干的人，面对恋爱却成了门外汉。当自己为恋爱痛苦不堪时，原以为“盖上盖子就不臭了”，可以轻松地忘怀，却发现自己无法轻易忘情于他，反而脑子里整天想着他，最后，连饭菜也觉得“好臭”。

可不是吗？恋爱，真的好“臭”。

我从某个杂志编辑部听到一个消息，“最近，有越来越多的女人觉得恋爱很麻烦”。我倒觉得，这并不是最近才发生的事。很久以前，恋爱就是一件麻烦事，从今往后，也永远是一件麻烦事。唯一的改变，就是最近的女人敢大声地说，恋爱太麻烦，所以不想谈恋爱了，而且，也有越来越多的女人真的付诸行动。不久之前，“在变成老女人之前，如果不恋爱、结婚，就无法得到幸福”的价值观还大行其道（事实上，现在仍然有很多人这么认为），许多女人既不想惹麻烦，又想要解决这个问题，于是，在被逼入绝境之前，找到一个对象，便决定和他恋爱、结婚。大家都不敢说实话，说出国王身上根本没有穿衣服。但渐渐有人敢于站出来，说国王根本就是一个暴露狂，于是，缺乏勇气的人也能够对此表示赞同。归根结底，国王这种“世俗的价值观”已经成为西斜的夕阳，即将走向没落。我感兴趣的是，之后，到底会有一个年轻的王子继承王位，还是君王制度会彻底崩溃。

我扯远了。我们谈的是恋爱很麻烦这件事。

在我周遭，也有几个这一类的男人、女人。写这篇连载时，我已经三十九岁了，我的那些朋友也是同时代的人。这些朋友中，有一个很直肠子的女子。她疯狂地爱上了电视里的王子数年如一日。说得白话点，就是她迷恋某个艺人的热情已经脱离了常规。不久之前，我还半开玩笑半认真地对她说：“都一把年纪了，别再玩这种虚拟恋爱的游戏了，找一个活人来爱一爱吧。”做了多年的朋友后，我也变得爱管人家的闲事了。

她因为工作的关系，除了在舞台下当一名普通观众以外，只要稍微努力一下，就可以亲眼看到出现在电视里的人。但是，即使有机会看到王子，她也总是说什么“这怎么可能嘛”，一味地逃避。真是皇帝不急，太监急。如果只是一介普通影迷，坐在观众席上爱一爱也就罢了，至少知道一事归一事，在生活中，会把眼光放在现实生活中的男人身上。这个朋友当然也懂这个道理，也心不甘情不愿地把恋爱观察仪带在身上。然而，一旦真的有了恋爱的预感，却“算了，太麻烦了”地躲开，我就目睹过好几次。

她并不是没有现实的恋爱经验。而且，在以往的恋爱中，即使体会过大家都承受过的恋爱伤痛，也不曾有过特别严重的创伤。那到底有什么好麻烦的呢？我想破头也想不到答案，只好把她当作稀有动物来观察。

平时的她，沉着冷静，工作能力很强，待人亲切，能言善道，具有令人开怀、安心的才能。我发现，她在两种情况下无法发挥自己的实力。第一种情况，当然不需要我多说，就是遇到电视里的王子时，或是和认识王子的人见面，她就失去了往常的平静。第二种情况是面对“自己的感情”。说起来是很理所当然的事，任何人即使可以冷静地看别人，但在认识自己时，往往会产生偏差，只是她的情况比一般人更加严重。比如，她对别人搽的指甲油或拖鞋的尺寸十分敏感，但自己却连一支口红都没有。她对别人的感情之路或恋爱问题，可以提供许多对症下药的好建议，但对于自己的问题，却变成“我也不知道怎么回事”。

她在这方面既单纯又可爱，但只有老天爷知道，会不会有男人发现她这种单纯又可爱的地方。

而且，她喜欢年轻男人（绝对不能超过二十五岁）。不是“仅供观赏”而已，而是真心想要大谈姐弟恋。本人已经是老太太了，那些既不懂礼貌，又没经验、口袋又空空的年轻男人在过年的时候养养眼还无妨，没必要谈什么姐弟恋吧。况且，即使你想和人家谈恋爱，对方还不见得愿意呢。

无论虚拟恋爱，还是由老女人掌握主导权的姐弟恋，把这两种恋爱归咎于“逃避现实，避免自己受伤的手段”当然很简单。但在观察了她一段时间后，我终于体会到一件事，恋爱不是谈出来的，而是随时都会降临在你的身上。即使你觉得谈恋爱很麻烦、很讨厌，你还是会爱上别人，就像人会遇到车祸一样。因为，即使她的王子是电视里的人，并不是她刻意想要去喜欢他，而是在看到他的一刹那，就被推进了恋爱的深渊。虽然她也想要爬出这个深渊，但王子仍然是她的最爱。这难道不是恋爱吗？

“我好想恋爱”，能够说这句话的人是幸福的。因为，恋爱很痛苦。有没有听过“恋爱会让人焦心”这句话？恋爱的热风会让心灵受到严重灼伤。恋爱就像是不请自来又挥之不去的坏蛋小叮当。而且，恋爱真是“臭”死了。

她并不是在逃避，只是被困住了，已经无法脱逃了。所以，隐隐约约了解恋爱本质的人才会说“恋爱很麻烦”。至少，在她生日的时候，我会买一些除臭剂送给她。

有异性缘和没异性缘的女人决定性的差异

-

“男人缘”绝对不会靠近两个女人身边。

因为，两个女人在一起，就会快乐得根本不需要男人。

-

这一次，要向大家传授提升异性缘的秘诀。

完全没有异性缘的人，并不认为没有异性缘是一个问题的人，或者现在左右逢源的人，想要看这些内容吗？还是根本不屑一顾？即使我身处目前要写这个主题的立场（拜托，就让我占这个位置嘛），如果有提升异性缘的秘诀，我还想要知道呢。但这是我的工作，没办法，我只好自己写。

请教你一个问题。你有异性缘吗？在我向所有女性朋友、友人进行问卷调查后发现，有超过九成的人回答“没有”。当然，每个人的情况都不同，有些人是谦虚，有些人则是没有思考就摇摇头，能够毫不犹豫地、口齿清晰地大声回答“有”或是“年轻时（其实是指四十五岁之前）很有异性缘”的，只有两个人。

再请教你一个问题。你想要有异性缘吗？对这个问题的回答并没有太大的差异，几乎所有人都回答：“只要有两三个自己喜欢的男人喜欢自己就好，我并不想成为大众情人。”有两位女子大声疾呼：“我想要有异性缘！”

到底怎么样才算有异性缘？学生时代曾经收到很多情书；年轻时，走在路上经常被人搭讪；即使现在，除了男朋友以外，也有其他男人邀约吃饭。心直口快的男性朋友（复数）即使没有特别的事，偶尔也会打电话来聊天；有时候，甚至会当面提出交往的要求。啊，这种人，当然算是有异性缘。简直是甩都甩不掉的异性缘缠身。

但是，女人的性格千差万别，并不是所有的女人都喜欢收到自己根本不喜欢的男生的情书，或是被轻浮的男人搭讪，或是明明是工作上的关系，却找借口私下约会吃饭。听到男性朋友的抱怨，心里会嘀咕：“我又不是你老妈，也不是你女朋友，干吗要当你的情绪垃圾桶？”遇到根本不熟的男人突然要求交往时，也想要对他们说：“我受够了！”“别来烦我！”“我才不想要什么异性缘呢！”

也就是说，“到底有没有异性缘”是一个自我认知的问题。光看外表，我无法判断一个人到底有没有异性缘。所以，我的结论是，只要你告诉自己“我很有异性缘！”并向周围人宣布，你就是个有异性缘的女人。我该说的都说完了。啊，对不起，字数还不够。没办法，只好再加把劲儿，继续考察。

比如，没有男朋友已经超过三年，假日不是一个人躺在房间里发呆，就是和女性朋友一起吃饭，或是一起去唱卡拉 OK。已经想不起什么时候买过新衣服，也忘记了世界上有体重计这种东西，反正没有机会脱的内裤和性感根本无缘，只注重实用性；已经忘了多久没有保养肌肤和除毛的你，真的没有异性缘。且慢，不要生气得把手上的杂志丢在地上，我不是在向你挑衅。以前，我也经历过这种生活，当时，我的心情好轻松。那时候，我没有喜欢的对象，刚好有一位年轻的女性朋友寄住在我家，每天的生活就像在毕业旅行一样，根本不会感到寂寞，反而觉得很祥和、很快乐。在和她同住的几个月前，我才刚和情人分手，那时候，觉得男人都是王八蛋。只要我还能写稿，其他都不想管了，也根本不想交什么男朋友，但或许是恋爱体质的悲哀，有一天，我一不小心，遇到了喜欢的男人。平稳的日子啊，就再见啦。

站上久违的体重计，我忍不住为惨不忍睹的数字掉下了眼泪。这不是已经冲破了我人生体重的最大值吗？由于每天都喝酒，我整张脸都肿了起来，肌肤干涩，手臂和腿上的汗毛像杂草般丛生。我擦干眼泪，自我勉励：这怎么行？！不要说是我心仪的男人，任何人都不会喜欢我！然而，即使铆足了全劲儿保养肌肤，努力打扮，没异性缘的女人还是功败垂成。但老实说，那一阵子，我还颇有人气喔。我得到了日本最著名的文学奖，因为经过漫长时间建立起的信赖关系，无论工作上的朋友或是私下里的朋友都很喜欢我。但去百货公司时，会被当成太太（说得直白一点，就是把我当成老太婆）。让我最伤心的，就是去换驾照时，那些警察特别亲切，虽然讲习室里站满了人，但他们仍然拉来一张折叠椅给我坐，最要命的是那位年轻力壮的警官还问我："您几个月了？"被当成孕妇的人，怎么可能有异性缘。我忍不住点了支烟，思忖着："如果瘦一点的话，不知道会不会比较有异性缘？"答案是，也不见得。即使瘦下来，没异性缘的女人也不可能突然有异性缘。有人气和有异性缘就像北极和南极一样，虽然很相似，却根本是两码事。

怎样才能有异性缘？我认为，男人几乎所有的行为，都是为了"让自己更有女人缘"。男人拼命用功，考进一所好大学，挤进一流企业，或是骑摩托车，买贵得离谱的汽车，组乐团，滑雪，即使不是百分之百，这些行为中，"想要有女人缘"的要素都占了相当大的比例。

那，女人该怎么办？即使保持窈窕身材，即使打扮得靓丽动人，即使肌肤吹弹可破，即使在工作上独当一面，没异性缘的人还是照样没机会。

所以，我虚心地向那两位毫不犹豫地认为自己"有异性缘"的女人请教，其中一人回答："上初中以后，自然就有异性缘了。"另一个人说："在了解自己后，男人自然而然就黏上来了。"求求你，可不可以再给点具体的建议？在我的苦苦哀求下，前者答："有男朋友时，异性缘会比较好。"后者说："只要一没有男朋友时，异性缘就突然好了起来。"两个人的回答根本是南辕北辙。原来是这么回事吗？就是说，"真的很有异性缘"是与生俱来的才能，只有少数人具备？正当我觉得自己被打败时，我渐渐发现，从那段时间开始，自己的异性缘慢慢呈现上升趋势。体重没有改变。唯一的改变，就是同住的女孩子回老家了，自己感到憋闷了。

为什么？！《情场高手教战手册》执行上的困难

-

“有异性缘”是一件很难的事。

并非只要有一个漂亮的脸蛋，或是工作能力强就可以……

-

上次，我们谈的是“提升男人缘的秘诀”。暂时将这个话题搁置一边，我先要向大家报告一下我的私事。不瞒各位，我在今年三月结婚了，而且是梅开二度哟。好啦，好啦，没必要把杂志丢在地上，用脚去踩嘛。我真的不是在挑衅。噢噢，你生气了吗？真的吗？我由衷地向你表示歉意。我自己也不知道结婚到底算不算是有异性缘的结果。可能是什么圈套，也可能是外星人的杰作。我们认识才十个月，我对对方还不是很了解，就凭着一股热情结了婚。真肤浅。对，我真的很肤浅。虽然这么说，对对方有点“对不起”，但我觉得即使以失败收场也无妨。因为，你们不认为体会百态人生很有趣吗？

啊，对了，我们要谈的是“异性缘”。在那之后，我继续向各方打听有关“异性缘”的见解。有一天，一位虽有人气，却没异性缘的全日本女性代表Y君（三十七岁，未婚）发表了以下的高见：

“听说，和男人的第一次约会，最多不能超过五小时。”

“听你在那里胡说八道！”我忍不住要吼她。不久之前，连一支口红、睫毛夹都没有，甚至根本不知道“遮瑕膏”这个名词的女人，竟敢不懂装懂地在这里大放厥词。但仔细听后，才知道那是几年前的畅销书《情场高手教战手册》（*The Rules*）上所写的内容。噢，原来是那本书。就是那本书说什么女人绝对不能主动打电话给男人；星期六的约会要在星期三之前就约好。我以前只随便翻过一下，但总觉得不应该对所有事都抱有成见，没看过书的人没资格发表意见，所以，我又从头到尾好好看了一遍《情场高手教战手册》。

我看完了。万岁，《情场高手教战手册》！对不起，之前因为成见对这本书敬而远之。太棒了，《情场高手教战手册》。因为字数的关系，无法在这里详述书中的内容，但想要有异性缘的女人，绝对应该去看这本书。至于要不要把书上所写的内容付诸行动，完全取决于各位的意愿，但不妨先看一下。如果不想买的人，可以问问周遭的朋友，一定有人有这本书。别害羞，借回家读一读吧。

这本书里写的是极端的理论。不能答应对方当天的邀约；星期五晚上，即使独自在家，也要假装不在家；约会时，女方一定要先提出想回家。但这些都是为了掳获疼惜自己一辈子的丈夫的教战手册。在找真命天子时，当然可以用这套极端的理论。然而，当我仔细阅读后，发现这本书的主要理念是："努力做一个尊重自己，尊重他人，善解人意，和他人保持适当的距离，在经济上、精神上都独立，为自己感到自豪，单身也可以快乐生活的女人。"

我认识的所有有异性缘的女人都符合以上条件。而且，她们不是人为地贯彻这些守则，而是因为工作、私生活真的很忙，即使和男朋友约会，也无法在一起耗那么久，没时间频繁打电话聊天。她们周末通常早就安排好工作或聚会，男人如果不事先预约，根本无法和她们约会。所以，她们即使不拼命忍耐，也必然可以贯彻这些守则，并自然而然成为众人眼中"有性情的女人"。

难道把工作行程排满，假日也去玩或学才艺，把自己搞得很忙，就会异性缘增加吗？才没这么简单，现实是很残酷的。

日前，我在偶尔造访的指甲沙龙里，向一位年轻、苗条又可爱的女孩子做了有关"异性缘"问题的问卷调查，她低垂着一排向上卷起的浓密长睫毛，说："不要说没异性缘，根本连遇到男人的机会都没有。工作很累，每天下班时都累歪了。一个星期才休假一天，如果不好好补眠，根本没体力应付下一个星期的工作。这里的同事、客人都是女的，真不知道怎么办才好哩。"啊呀呀，她化得一丝不苟的妆和很有艺术气息的假指甲到底是给谁看的？如果只是自我满足，应该更有精神才对。

《情场高手教战手册》里提道，"即使再怎么麻烦，也要独自出门走走。整天窝在家里，是不可能遇到男人的”。但麻烦就是麻烦，如果勉强自己出门，累坏了身体，根本是本末倒置。

即使对于那些不需要女性朋友相陪也可以出门的独立女人来说，“找男人”也是一件很累人的事。只有和情人约会能够战胜麻烦和累人。但正因为没有情人，所以才窝在家里养精蓄锐。所以，无论外貌和性格上都没有问题的女人，反而越来越陷入没男人缘的旋涡中。

但是，你的疲劳真的来自工作吗？真的是因为累了才嫌麻烦吗？不妨从这个角度重新观察一下那些男人缘极佳的女人们。真正的猎男高手工作也很忙，但她们选择的是能够适时喘一口气的工作。可能是自由职业；即使是上班族，也是拥有某种自由程度的行业；虽然也有忙得不可开交的时候，却可以按自己的节奏来安排。她们往往从事可以灵活掌控时间的工作，想要休假就休一段时间长假。她们敏感地捕捉着自己身体发出的警讯，绝对不会乱来。所以，基本上，她们都很健康，且精力充沛。正因为她们健康又富有活力，所以，出门的时候既从容，又有“找男人”的力气。

各位，“有异性缘”是一件很难的事。并非只要有一个漂亮的脸蛋或是工作能力强就可以，必须充分了解自己、自己的目标，还要有充分的决心。

哇，好麻烦。如果有这种想法的人，就乖乖地做好眼前的分内事。《情场高手教战手册》的作者虽然写了一大堆“金玉良言”，但没想到这次又把自己的离婚经验写成了《新情场高手教战手册》，让我差一点笑破肚皮。看来，《情场高手教战手册》根本没派上用场嘛。但有这种失败和破绽的人很有趣，深得我心。我会跪着为你的异性缘越来越好而祈祷，所以，也希望各位祝福我不要有二度离婚的事情发生。

“肌肤之亲”充足吗？

-

如果有机会的话，希望你不要害怕，脱下社会这层外衣，

努力寻找可以接受赤裸裸的你的人，不要轻言放弃。

-

这次连载已经进入了后半段，夏天的脚步也越来越近了。夏天时，心之门会开启，要小心：一方面，时下的年轻人可能听不懂，其实这是以前的偶像歌手唱的歌；另一方面，连载的内容也应该从初级迈向中级了。

好了，各位，最近有做爱吗？

啊，我问得太唐突了。我从水晶球里看到这个问题吓得本杂志的主编（当时还是四十岁的单身男子）把桌上的茶杯都打翻了。是不是我问的方法不恰当？十分抱歉，那我换一种方式问好了。

各位妇女同胞，最近有没有和男人同床共枕？

什么？这个问题本身就有问题？的确，这一类的话题出现在散文中，尤其是在时尚杂志上，的确很让人伤脑筋。但是，主编大人，三十岁以上的女人的恋爱散文，如果避开床笫之私不谈，不是显得太矫情了吗？况且，我并不打算窥探别人的隐私，也不想巨细靡遗地陈述过程的细节。其实，我想要问：

各位有情人或有丈夫的女人，你和他有亲密的肌肤之亲吗？是不是整天都在吵架？另外，目前没有固定男朋友的你，会不会想要牵牵男人的手？想不想和心仪的男人亲亲热热？

写到这里，感到一阵狂饿。不，和写的内容无关，是因为现在已经傍晚六点了，从早晨到现在粒米未进。冰箱里空空如也，已经饿到等不及叫外卖。所以，我要去附近的家庭餐厅。去去就回来。

我回来了。除了扫光了一份和风汉堡定食，外加一大碗白饭以外，还看到了养眼的画面。我结婚才一个月，还处于新婚燕尔时期，但忙于杂务和写稿（就是这份稿子啦），几乎每天都是一个人过日子。所以，常常去造访那家家庭餐厅。刚才，正当我心无旁骛地享用餐点时，邻桌来了一对看起来像是大学生的情侣。男生毫不犹豫地坐进了靠墙的沙发座位，一个感觉温柔婉约的女孩子在他对面坐了下来。

现在的年轻男人，完全没有绅士风度，真受不了。应该让女孩子坐在靠墙的座位。那个男孩子当然不可能察觉我在心里向他说教，大大咧咧地翻开了菜单。

“最近，我都没吃肉。吃肉啦，吃肉啦。”

“我肚子还不饿，现在还不想吃饭。”女孩子终于说了一句。

“那，你就吃香蕉船吧。我请客。这个怎么样？分量很少，上面还有草莓。你不是喜欢吃草莓吗？”

我情不自禁看着这个食肉男和草莓女。女孩子高兴地点了点头，然后，两个人隔着桌子，把手握在一起，窃窃地笑着、小声交谈着。家庭餐厅的桌子比一般咖啡店的桌子大，双方要伸直手，才能握在一起。

对不起啦，老太太错怪你了。对不起啦，我不能光凭坐的位子就以为你是个目中无人、男尊女卑的笨男人。对不起啦，我这个大头症（冥顽不灵）的老太太，独自吃着这么一大碗白饭。

牵手的情人总会让人会心一笑。我常觉得，不问年龄、容貌和性别（当然要注意时间、地点和场合），只要是相爱的人，只要一有机会，都应该牵手。

没有肌肤之亲，人也可以活下去。但是，从父母不再拥抱自己的年龄开始，人类就会向别人（通常都是异性）寻求肌肤之亲。即使年轻时可以直截了当地要求，随着年龄的增长、经验的累积，在工作上也小有成就后，便渐渐产生了自尊心；有过惨痛的经历后，常常看女性杂志上的恋爱散文（就是类似我这种的），就渐渐害怕失败，担心出糗，避免自己受到伤害。于是，渐渐变成一个大头症（冥顽不灵）的大人。我续了三杯咖啡，深有感触地思考着这些事。

有时候（基本上都是我喝醉的时候），当我看到消沉的人，无论男女，我都会摸摸他们的头，说“乖，乖哟”。于是，不仅是单身女子，就连董事长之类有身份、地位的人，也会像小孩子一样，做出似笑若哭的表情。如果他们仍然露出消沉之色，我就会亲他们一下。我为什么会做这种事？并不是基于博爱，而是当我痛苦消沉时，我也希望别人这么对待我。但很遗憾，如果要同床的话，就不可以随便挑对象了。

踏入社会后，在异性面前宽衣解带的行为，等于是脱下了自己的社会符号。像出生时般一丝不挂地说："虽然我是平胸族，但我在公司当主任。"或是"我虽然有啤酒肚，但去年得了 ×× 奖"之类的话，也毫无意义可言。既然脱了衣服，就要用身体说话。

做爱的最大功效，就是可以让人远离社会，忘记自己在社会中扮演的角色，让人想起，人其实只是一种动物，也可以沉醉在人体肌肤的舒适感中。如果彼此相爱，就会相互慰藉、相互体恤，即使只是像鸟窝那么巴掌大的地方，也可以变成让双方觉得安心的场所。

总有一天会厌倦；虽然现在很温柔，但男人不久就会偷腥……让这种邪念破坏稍纵即逝的幸福有什么乐趣可言呢？这就是所谓的大头症（冥顽不灵）。

我要重申，即使没有肌肤之亲，人也可以生存。但是，如果有机会的话，希望你不要害怕，脱下社会这层外衣，努力寻找可以接受赤裸裸的你的人，不要轻言放弃。

手和脸本来就是赤裸裸的，看到有人消沉痛苦时，不妨去抚摸他们一下，亲他们一下。或许，故事因此拉开了序幕。如果对方认为你是性骚扰，不妨回骂他一句"冥顽不灵！"

恋爱高手就是被请客高手

-

看到女人为了自己打扮得漂漂亮亮，

男人便会感到高兴，就让他请你吃饭吧。

-

开门见山地告诉大家，最近，我变成了瞌睡虫。此时此刻，上眼皮也拼命想要和下眼皮亲近，我几乎要“弃械投降”了，但截稿日近在眼前，无奈之下，只好乖乖地坐在计算机前。冒着被有一份全职工作，回到家里又要照顾孩子的人砍杀的危险，斗胆向各位禀报，最近，我的平均睡眠时间为十四小时。我睡过头了？我就知道。这就是SOHO族可怕的地方。在一人独大的环境中，不是工作过度，就是偷懒过度。“病态嗜睡月”会不时地翩然造访我。我昨晚十二点左右上床，今天早晨七点就起床了，但脑袋还是昏昏沉沉的，我不管会不会被人埋怨，也不管中国驻日本的总领事馆发生了什么挟私报复事件，反正不管三七二十一，就是想睡觉。于是，取消了一个约会，吃了一个别人送的豆沙麻糬，从早晨八点睡到傍晚五点。懒洋洋地起床后，喝了一杯超浓咖啡，又吃了一个豆沙麻糬，睡意仍然挥之不去，又在沙发上躺了两个小时。我生病了吗？但翻开以往五年的日记，发现每当生活中发生什么大事时，自己就会出现这种症状。无论遇到的是伤心事，还是快乐事，当感情剧烈起伏时，我的三半规管[1]似乎就无法承受。但不工作就没有收入，没有收入，日常生活费和交际费就会出现问题，所以，我才在这里大吐苦水。

即使整天睡觉，肚子也会饿；更何况起床活动时，肚子饿得更凶。所以，恋爱中的情侣常常问："今天晚上要不要一起吃饭？"我知道自己转得很牵强，但实在太困了，原谅我吧。

成年男女一旦正式交往，一定会遇到"吃饭"的问题。只要在餐厅吃饭，一定会遇到"付账"的问题。问题来了，到底该由谁付钱？紧张的一刹那！不，没那么夸张啦。但你难道不认为，约会时付账的问题凝聚着双方各种感情吗？

所以，我在自己的官方网站上，做了"和男生单独用餐后，该由谁付钱"的问卷调查。结果，收到了大量的回复，远远超出我原先的想象。暂且不谈内容如何，我在意的是竟然有那么多人愿意留言。看来，大家在这个问题上都有话要说。

虽然自己做的问卷调查，说这种话显得有点失礼，但我发现大家都很认真。基本上，以"各付各的"的意见占多数。即使偶尔让

[1] 人的耳中呈甜甜圈形的感觉器官，控制人的平衡感、运动感。

对方请吃饭，日后对方也会以其他方式回请。也有一些人坚持认为该付自己的份。虽然大家的意见各不相同，但我发现仔细阅读这些内容，可以从中归纳出一些理由：不想让对方动歪脑筋；不想欠对方一份人情；既不想让对方误以为对他有意思，也不想在经济上依赖对方；也有人觉得就因为自己是女人，就要让对方请客的理由很奇怪。归根结底，女人是希望在男女交往过程中，能够建立平等、对等的关系。

非常好。非常正确。我没有挖苦的意思。没错，男女是平等的。人类都是平等的，超越了年龄的差异和国籍的不同，人类是平等的。

现在的男人好像越来越可怜了。当然，时下那些让人觉得可怜巴巴的男人本身也有问题，但我还是暗自庆幸："幸好我是女人。"在问卷调查中，有人反问一个很简单的问题："为什么男人非要请女人吃饭不可？"为了找到这个问题的答案，我花了不少时间，不知不觉中，一碗"飞碟炒面"[1]都见了底。吃得饱饱的，又开始昏昏欲睡了。当我把泡面的热水倒掉时，突然想到了答案。

并不是男人非请女人吃饭不可，而是男人想要请女人吃饭。这是男人想泡妞的行为。大部分男人都喜欢泡妞。

即使是男女一起吃饭，如果只是普通的朋友，当然可以各付各的。交往超过两年，关系已经稳定的情侣，已经在默然中建立了付

[1] 日本一种泡面的名字。

钱的方式，不需要我多费口舌。但是，刚开始交往时在外用餐，就让男人付钱吧。不然，男人太可怜了。

恋爱中的男人希望自己比女人强悍，这是不同于男人的体面和自尊心的另一种愿望。当男人由衷地爱自己的恋人时，当然希望自己可以“保护她、珍惜她”。如果你是男人，发现心爱的女人十分能干，赚的钱也好像比自己多，每次吃饭都是各付各的……你会有何感想？会不会觉得她根本不需要我？男人虽然体力比女人好，但在当今的社会中，需要男人发挥体力的情况真的是少之又少。时下的男人几乎很少和别人打架，即使衰运当头，在街头被小混混缠上了，也不可能出现以前漫画中常见的撂倒几个小混混，英勇地保护自己女朋友的场景。

恋爱不是工作。虽然能够理解各位想要追求平等的心情，但毕竟是恋爱，就让心爱的男人乐一乐吧，就捧捧他吧。如果你也爱他，和他见面时，要比平时更细心地化妆，更精心地打扮。看到女人为了自己打扮得漂漂亮亮，男人便会感到高兴，就让他请你吃饭吧。

即使坐着也想要打瞌睡了，还特地为他化了妆、换了衣服才出门，当然要让男人请我吃饭。什么，想睡觉的只有我吗？真想吃点像样的东西。自己动手去做？是，您说得有理。

“真心的不伦”与“轻松的花心”

-

男人只想左右逢源。

女人只想追求被爱的感觉。

-

来，大家一起来唱歌。要用“Finger 5”[1]的《恋爱热线 6700》的旋律哟。

不伦恋，铃里铃，铃铃里铃铃，铃铃里铃，里里里里铃。今天老婆孩子不在家，不回家的好机会。我克制了内心的激动，预约了饭店。用了你的手机号码，用了假名字登记，哇噢！

失礼了。我脑子里想着要写不伦的事，不知不觉地就帮一首口水歌填了无聊的新词。好了，这次的主题是不伦和花心。内容越来越有深度了哟。

[1] Finger 5，二十世纪七十年代时，来自冲绳的五人偶像团体歌手。

先容我打一下岔，*Domani* 杂志面向的是几岁到几岁的年龄层？我竟然在连这一点也不知道的情况下，就准备写第九篇连载。反正，我就自说自话解释为三十岁到四十五岁左右的年龄层，继续谈论我的话题（一点都没错！主编附和）。

这个世代的单身女人（尤其是那些有恋爱体质的人），完全不曾有过或重或轻不伦经验的人，恐怕屈指可数吧。我有没有？可别问我。拜托你们。求求你们，请你们从字里行间去体会。

因为，周遭根本看不到单身男人嘛！到了这把年纪，像样一点的男人差不多都结了婚，即使没结婚，也有一个交往多年，和太太没什么两样的女朋友呗！对不起，对不起，我一兴奋，语尾就会露出家乡神奈川湘南的土话。

暂且不讨论三十五岁以下的单身男人，但如果男人超过三十五岁还是孤家寡人，想必其中有某些苦衷吧。当然，在这个世界上，或许有抱单身主义的男人，但能够被你遇到的概率，恐怕比看到飞碟的概率还要低。然而，女人到了一定的年纪后，如果仍然小姑独处，难免会有人觉得即使对方有点瑕疵，也不得不将就一下。既然同样是“瑕疵品”，与其找一个根本不想交往的怪怪单身男，还不如和情投意合的已婚男人交往更干脆省事。于是，有人就开始说服自己，反正又不想结婚，和有妇之夫谈谈恋爱也无妨吧。

世界上，有太多人对不伦持反对的意见。他们的意见相当正确，即使不伦已经像手机那么普及，但并不代表这是一件“好事”。不仅没有做到“日行一善”，反而是“日行一恶”。然而，这次我们要讨论的不是善恶好坏的问题。

一提到不伦，人们最先联想到的就是已婚男人和单身女人的固定模式，但仔细想一想，照理说，应该还有已婚女人和单身男人、已婚男女的组合方式，为什么很少看到？我带着这个疑问，又向所有认识的男性朋友做了问卷调查，听到一番超变态的感言。

“不伦？我也想试试。比如，老婆和我吵架后，不是会闹别扭回娘家住一阵子吗？结果，向来风采迷人的我（有吗？），白衬衫领子黑黑的，西装也皱巴巴的。结果，我下属的一个年轻美女看到了。这个女孩子之前就喜欢我，只是听到我对我老婆深情款款，就觉得不能破坏我的家庭，打了退堂鼓。但看到我这么落魄，她就再也克制不住母性本能，涨红着小脸问我：课长[1]，你太太真的不在家吗？你有好好吃饭吗？我好担心你。虽然你可能觉得我很厚脸皮，但我可以去你家帮你打扫，帮你做顿饭吗？我很轻声细语地劝她说：不行，不可以这样，水灵灵的女孩子怎么可以去结过婚的男人家里。然后，再对她说：下次陪我吃顿饭吧。啊，太爽了！”

我要声明一下，以上言论，完全出自他的幻想。该怎么说？他还真是优哉游哉。说这番话的可不是大阪地下钱庄的大叔，而是住在东京的精英上班族，年纪比我还小。由于这些内容太愉快了，所以，他忍不住用平时很少使用的母语关西腔来幻想。

相较之下，女人呢？通常，女人总是幻想归幻想，现实是现实，

---

[1] 课长：日企中一般具有独立行使和管理的科室或部门分为“课”。即一课之长，就是部门主管的意思。

两者分得很清楚。在类似《庶务二课》[1]的新人中，那个看起来像是年轻的佐藤浩市[2]的樱井君好像对我有意思……”的愉快幻想后，会忍不住笑着吐自己的槽，“不可能，不可能。哈，怎么可能”？然后，又开始烦恼和樱井君的上司的不伦之恋，已经迈入了第三年的事。

大部分女人一开始把不伦关系想得很轻松，“反正又不想结婚，这不是真心付出的恋爱，只是在交到像样男朋友之前的串场罢了”，但时间一久，难免日久生情；因为喜欢，就一拖再拖，结果，就变成真心爱上了已婚的情人。恋爱时，并不是只有“想结婚”才是真心，当“想要成为他无可取代的唯一”时，也是一种真心。大部分女人无论未婚或是已婚，无论只有一个情人或是脚踏多条船，都不是“花心”，对每个人“都是真心”。

相反地，已婚男人（我没有说是所有的已婚男人）却快活多了。这是多么惊人的差别！他们所追求的，只是快乐的“花心”。虽然女人不小心坠入的“不伦”之恋越拖越久，越会让单身的你坐困愁城，但男人才不会体会这一点。他享受着在“维护家庭”前提下的愉快外遇，一旦女方有所动作时，男人就会畏首畏尾地开始逃避。已婚男人也会对外遇对象产生感情，所以，他们无法一下子逃得彻底而已。因此，已婚女人和单身男人，或是双方都是已婚的不伦，

---

[1] 《庶务二课》：1998 年由日本富士台出品。改编自安田弘之的同名漫画，讲述了一个公司杂务部门的故事。

[2] 日本男演员。

常常会因为女人当真而无法成立。

男人只想左右逢源，女人只想追求被爱的感觉。从来不曾思考过，不伦和花心有什么不同的男人多如牛毛。如果你的情人把你的手机号码登记在客户的名字下，你就要把眼睛放亮点。

“吵架要留退路”

-

花需要水，我需要恋爱，

吵架需要为对方留退路。

-

上一篇谈了不伦和花心的话题。在不伦和花心中，一定会发生争执，即使貌似恩爱的夫妻，相处久了，意见也难免发生冲突，更何况是年轻的情侣。虽然每对情侣的吵架频率不同，但应该都会吵架。

这次，我也和往常一样，针对本次的题目“男女的吵架”询问了各方意见，正当比我小一轮的年轻单身美女编辑告诉我，她和男朋友吵架的故事时，我的秘书 Y 在一旁突然问了一个切中要害的问题：

“请问，到底怎样才算是吵架？”

问完之后，她用一副像凯蒂猫般呆然的表情，等待我们的回答。

年近四十的中坚女作家和年轻美女编辑的表情顿时僵住，Denny's餐厅的空调温度好像突然降了五度。

吵架。嗯，吵架。大部分散文在这种时候都会去翻《广辞苑》吧，但我坚决不查字典。没错，我就是死要面子活受罪。在微冷的Denny's 餐厅想破了脑袋挤出的答案是：当某一方生气、骂人或是不说话时，不能算是吵架；只有当双方都生气或骂人、冷战时，才算是吵架。凯蒂猫好像接受了这种说法，遥望着远方，若有所思地说："年轻时，吵过几次，但现在不会了。"

虽然有点偏离男女之间吵架的主题，但仔细想一想，这个世界上应该有很多人几乎没有吵过像样的架。我的人生是"吵架人生"，所以，还以为谁都像我一样，一言不合，就大吵一架。

我又扯到十万八千里以外去了。在我身体里，住了一个王者基多拉怪兽[1]。这不是比喻，我是说真的。当它火气一来，完全无视我的意志，就以企图摧毁东京之势开始撒野。顺便告诉大家，我有一位女性朋友肩上永远站着一个恶魔，只要她一遇到好事，恶魔就会发出奸笑："只不过踩到狗屎运而已，马上就会有报应。嘿嘿嘿。"啊，不要把杂志合起来。我知道这些发言不适合时尚杂志，但这并不是电波系[2]的幻想。我想要表达的是，即使旁人认为是幻想，只要当事人相信，就代表真的存在。不是有人其实一点儿都不胖，却

[1] King Ghidora，为一九六四年日本东宝电影公司拍摄的《战龙哥斯拉之三大怪兽》中的怪兽之一，有三个头。另外两只怪兽为摩斯拉和拉顿。

[2] 指那些自认为感应到常人无法感受的电波，而产生突发奇想言行的狂人。

整天嚷嚷着“要减肥”吗？一样的道理。

咦？我要说什么？噢，对了，是基多拉怪兽。这家伙是个火暴浪子，只要稍不顺心，就会甩着三个头，到处肆虐。我是在读高中的时候，发现这个怪兽住在自己身体里（以前的日记上写着）。这家伙喜欢挑衅，而且还不挑对象。所以，我很怕参加同学会或是和老朋友见面。因为大家每次都靠聊“明美（我的本名）抓狂纪录”炒热气氛。像是在初中时，我曾经冲进教师办公室，大声叫骂着抢回被导师没收的漫画（是我不该带去学校的）；或是在高中时，整天把男朋友骂哭，还有和班上的不良少年打成平手等。容我辩解一下，我平时是个文静的学生。即使现在，平时也是个文静乖乖女（应该吧）。

如果和讨厌的人吵架也就罢了，为什么会和自己喜欢的人吵架呢？吵架很累人，不会有人没事找事地想吵架。

虽然不想回顾吵架人生的前半生，但在回顾检讨后发现，吵架的原因看似有千百种，但归根结底只有一个。那就是对自己而言的大事（重要的事），在对方眼中却微不足道，或是情况完全相反。这和在上一篇中提到的，男人和女人对不伦认识的差别一样。即使针对同一件事，每个人的态度都会有差别。这种差别，导致了男人和女人的争风吃醋，乃至恐怖活动和战争。

但如果要求全世界所有的人价值观和差别都相同，就变成了法西斯主义；如果所有人的想法都如出一辙，这个世界简直太无趣了。

啊，偏题太远了，连我自己都收不了场。嗯，这个，嗯，我想要说的是，最近，因为在工作上遇到了大麻烦，那只原本像病猫般沉睡不起的基多拉怪兽苏醒了，我只能抽着烟，喝着啤酒，“啊”地叹着气，眼睁睁地看着它把台场附近的摩天轮扫平。不知道摩斯拉或拉顿会不会出来阻止它。

我突然想起一件事，最近，和男人吵架的次数少得连我自己都要吓一跳。不，应该说，几乎不再和男人吵架了。

并不是我不再抓狂了，相反，随着年纪的增长，愤怒的瞬间爆发力比以前更强了，只要一抓狂，就脱口而出。于是，在进入吵架这种别扭状态之前，就会以沟通的方式理性地解决问题。年轻时，我只懂得一味指责对方，乱发脾气，完全不给对方留任何退路。即使很明显是对方的错，由于我没有给对方留退路和借口，男人也只能沉默不语。因为如果不沉默，就只能举双手投降。如果要打架的话，男人必败无疑，再怎么说，没有男人会因用暴力打败（姑且算是）自己所爱的女人后而感到沾沾自喜。经历了漫长的吵架人生，我终于了解了一件事：无论再怎么亲密，无论再怎么相爱，每个人所珍惜的东西并不相同。

花需要水，我需要恋爱，吵架需要为对方留退路。此时此刻，我真心地希望我的基多拉可以早日疲惫地归来，再度沉睡。

夫妻本是陌路人？

-

要改变他人几乎是一件不可能的事，

如果自己不改变，情况当然不可能有丝毫的改变。

-

这次连载只剩下最后两次了。在最终回之前，我想要暂时把单身女子搁置一边，谈谈“已婚者”的事。

你的丈夫怎么样？

各位已婚的女性朋友，你的丈夫还好吗？

我想，大部分人听到这个问题，会回答一句“没什么好或不好”，因为她们没有任何感想。当然，也有人会为每天吵架（包括冷战），或是丈夫游手好闲，整天喜欢碎碎念，或是老是护着婆婆，完全不做家事、不照顾孩子，把自己当老太太，完全不再怜香惜玉……感到火冒三丈。即使表面看似风平浪静的家庭中，太太也可能希望丈夫改正每天不醉不归，袜子老是不翻过来洗，在家里随时随地放屁，像小孩子一样黏人这些日常生活中琐碎的不良习惯。

然后，我要问问丈夫们。虽然已婚男人看这本杂志的概率很低，但如果有人在看的话，我想要问一问：

你的妻子怎么样？

会不会让你有一种无力感？是否觉得她老是为一些芝麻绿豆小事怒目相向、乱发飙？一生气，就好几个星期不说话，还敢要求你偶尔带她去旅行？经常一回娘家就好久不想回来；结婚前，处理得有条有理的家事也变得敷衍了事；外出上班时，打扮得花枝招展，在家却老是穿T恤、运动服，根本不化妆，以前的性感不知道跑哪里去了，那条性感小内裤没有机会再登场了吗？而且，已经有半年以上没亲热了，真不知道她在想什么。

但是，太太们，还有丈夫们。即使偶尔会在脑海里闪过“离婚”这两个字，也不会轻易走上这条路吧。如今，虽然整个社会的离婚沸点已经变得很低，有些人可以闪电离婚，但这种人毕竟属于少数。

虽然这丝毫不是什么值得骄傲的事，但我有过一次离婚的经验。然而，在离完婚的那一刹那，却觉得结过婚这件事如同过眼烟云般，“咦？我真的结过婚吗？”的真实感变得好虚幻，仿佛自己单身是理所当然的。今年再婚后，单身生活那几年的事虽然还残留在记忆中，但真实感也变得像糯米纸一般。有一种“咦？我曾经单身吗？”的感觉，真是的，健忘也该有个分寸！

这种超强的适应力，正是我肤浅得可怕的地方。知道各位不想被我这种人说三道四，但这也是我的工作，我只能追着记忆的线索，抽丝剥茧地还原当时。在回首往事后，我尽可能委婉地表达自己的看法，那就是，即使你们的婚姻生活充满抱怨和不满，除非有什么忍无可忍的大事，否则，最好不要离婚。因为，离婚是一件麻烦事，麻烦到超乎你的想象，麻烦的程度简直可以达到同温层[1]了。

离婚真的很麻烦。我和前夫没有生孩子，对方也很通情达理（双方的父母也是）。我们离婚，并不是因为某一方犯了什么大错，我们没有财产，所以，也没有赡养费的问题，但这场离婚还是很麻烦。虽然已经知道这段婚姻无法维持下去，却仍然需要面对面进行沟通，这无疑是巨大的折磨。在决定离婚后，双方都要考虑搬家的问题，要向父母、朋友和工作上的关系解释，以及办理离婚手续，这些都需要极大的能量。办妥离婚手续后，从驾照、护照，到信用卡，乃至录像带店的会员证都要重新办理。即使我们算是比较没有问题的离婚都这么麻烦了，假设用贷款买了房子，或是生了孩子，就更加麻烦了。如果太太没有从事全职的工作，还必须考虑如何生活的问题，当双方的父母都跳进来争夺小孩子的监护权时，简直会让人生不如死。看到那么一大堆麻烦事，甚至会让人觉得早知道就不要离婚了。所以，在踏出这一步之前，不妨把离婚和日后的生活放在天平上称一下，看到底哪件事更麻烦。

啊，对不起，我有点杞人忧天了。这个世界上，并不是所有的

[1] 地表以上十五公里处的大气层，内含臭氧层。

夫妻都面临离婚的危机。

虽然对第一次婚姻已经没有了真实感，但在那次婚姻中学到的事，至今仍然无意识地残留在我的记忆中。比如，像这样的事：

当家庭的气氛渐渐变僵时，沟通根本无法解决问题，最有效的方法，就是对某些决定事项先斩后奏。从今天开始，（妻子）我出去打工了。从今天开始，（妻子）我不去干洗店。从今天开始，（妻子）我不再回收旧报纸，但其他家事都会做。这种宣言比沟通简单多了。虽然是丈夫，但终究是他人，与其强制他做什么，还不如认清“反正他就是这种人”，趁早放弃，既可以减轻压力，也可以开拓新的局面。

沟通可以促进夫妻感情圆满。我个人认为，这句话简直就是童话，甚至怀疑是有人为了做生意创造出来的幻想。相反，不触及核心的打情骂俏对感情更有帮助。

结婚后，不可能光靠单身时代的“表面功夫”生活。会放屁的并非只有丈夫，太太也是人，当然也有这种生理反应。婚姻生活越久，对方和自己的致命性缺点也就越无法继续隐藏。于是，双方性格中不成熟的部分，就会渐渐暴露出来，一旦发生冲突，就会闹僵。

让一个陌生人渐渐变得不那么陌生，需要走一条漫长的路。我在第一次婚姻时，似乎并没有了解到这一点。或许正是如此，才无法轻易对对方和自己的缺点灰心。要改变他人几乎是一件不可能的事，如果自己不改变，情况当然不可能有丝毫的改变。

被束之高阁的单身女子们，你们还想要结婚吗？

头脑发达、恋爱发达……不同的人生论

不需要去找缺少的那一角，也不需要勉强自己成为完美的圆形，

我更喜欢东缺一块、西少一角的自然人。

我在东京发现了下半身发达（下半身思考）的人！

开门见山就说这句话，似乎有点不登大雅之堂，我向各位致歉。这次的连载终于进入尾声，我很卑鄙地想要偷点懒。

以前，我们提到过大头症（冥顽不灵）的问题。日前，我切身体会到，在这个世上，有各种不同部位“发达”的人。我和这位女性朋友虽然不是那么熟，但可能这种“有点熟，又不会太熟”的关系让她感觉没有负担，所以，趁着有几分醉意时，她对我酒后吐真言：

“老实说，我不是大头症（冥顽不灵），而是下半身发达（下半身思考）。”

这句酒后真言果然劲爆。于是，我为她斟上清酒，催促她继续往下说。她将杯中的酒一饮而尽，借着酒劲打开了话匣子。听我说，虽然每天都想和男朋友翻云覆雨，但对方是个清心寡欲的人，只有抱一抱而已，让我欲火焚身。

“那就偷偷地找其他人解决吧。”我说。

她拼命地甩着头，不顾周围人的目光，大声地发出灵魂的呐喊:“我只想和他做!”于是，我们就讨论着怎样才能挑起他的情欲，但无论我提出任何建议，她都带着初中生一样的羞怯和酒意，涨红着脸说:“我说不出这种话，也做不到!”不知所措的我只好又点了杯酒，独自安静地沉浸在感慨之中。我向来认为，“每个人都只开发自己必要的能力和技术”。所以，我可以写小说、开事务所，也结了两次婚，却不会开车，也不会做分数的加减乘除，更不要说自己组装 DIY 式的家具。但眼前这个烂醉如泥的下半身发达小姐，挑逗自己情人（顺便一提，除了下半身问题，其他都十分圆满）的技术却完全没有提升。这和头脑发达的人一样，思考和行为指向不同的方向，左右为难，一筹莫展。或许，我该调整我的看法。

不知道各位是否看过一本名叫《失落的一角》（谢尔·希尔弗斯坦著）的绘本？这本绘本很有名，相信许多人都看过，所以，我就简单说明一下。男主角“我”像是一个球体，但因为缺了一角，所以无法顺利地滚动。在旅行中，经过不断尝试，历经千辛万苦，他终于找到了和自己完全吻合的那一角，成为一个完整的球体。他走起路来不再像以前那么笨拙，开始了一帆风顺的旅程（之后的结局在续集中介绍，此处就不再赘言）。十几岁时，我看完这本绘本，深有感触地认同“原来人生就是这么一回事”，突然之间，感觉自己好像长大了。我相信，许多人都和我有相同的感受。但在踏入社会，踏上人生的旅程后，我开始觉得那个故事似乎有点不对劲，虽然不知道是哪里不对劲，总有一种隔靴搔痒的感觉。甚至想要撒野地吼一句“把负责人找出来”，不，应该说是“把谢尔·希尔弗斯坦找出来”。不过，只是一本绘本而已，即使认为它不对劲，生活也不会有什么改变。

然而，我突然发现，眼前这位下半身发达小姐，似乎给了我模糊的答案，告诉我那本绘本到底哪里不对劲了。其实，男主角是球体这件事就很奇怪。不，没关系啦，反正只是绘本而已。但这个球体缺了一个角，到处去寻找缺掉的那一角，对“那一角”来说，不也是很失礼吗？不，没关系啦，反正只是绘本而已。在灌了三杯清酒后，我那醉醺醺的视野中发现下半身发达小姐已经烂醉如泥了。看到她这么邋遢、白痴的样子，发现人并不是什么缺一角的球体，每个人都在某一部分特别“发达”。比如，就像葫芦一样。

光是我能够想到的，就已经不胜枚举了。眼睛发达的人都参加了“外貌协会”；耳朵发达的人，把每年的年终奖金都撒在音响设备上；嘴巴发达（大嘴巴）的人，不是谎话连篇就是喋喋不休；腹部发达的人则是因为啤酒喝太多；肌肉发达的人连脑子里也都长满肌肉；还有工作发达、恋爱发达、兴趣发达、猫狗发达、日本冠朱鹭男发达、异性缘发达、超没有异性缘发达……每个人都带着某些

“发达”过着自己的生活。

正当我搜肠刮肚地思索这些问题时，坐在吧台另一侧的女人自言自语说了一句切中要害的话：

“我可以体会那个男人的心情。因为，我也不是黏膜系的人。”

黏膜系！又是一句不容错过的精彩台词。所以，PUB（酒吧）真是个好玩的地方，女人可以大胆地说出这些话。

山本小姐，你经常把人分为恋爱体质和非恋爱体质两大类，但我常把人分成黏膜接触系和皮肤接触系。已经喝晕掉的那个人就是典型的黏膜系。分辨的方法很简单，喜欢亲热地接吻，却不想要更深入结合的人就属于非黏膜系。但这没有好坏之分。

这个世上有许多将人类二分法的标准，但这种方法太崭新又太新奇了。非黏膜系（皮肤接触系）的人在恋爱后，刚开始几个月仍然有黏膜的接触，所以，如果不深入交往，根本无法分辨对方到底是哪一类的人。

你呢，你是哪里发达？你是黏膜接触系？还是皮肤接触系？

不需要去找缺少的那一角，也不需要勉强自己成为完美的圆形，我更喜欢东缺一块、西少一角的自然人。当事人可能会为此感到痛苦、难过，然而，这种痛苦或许正是一种个性。

真人真事比电影、小说更有趣。改日再相见。再见，再见。再见——因为我是人。文绪。

第二章

今夜的枕边情人

不再消磨时间

-

《消磨时间的方法：一百二十三种小小的幸福》

Tama（文春 nesuko）

-

作者Tama就是唱那首《再见啦，人类》的Tama。也就是在《超炫天》[1]中出道的那个怪怪乐团的Tama。如果你还是不知道，就真的不需要再去追究了解了，反正不知道也没什么关系。

最近，这一类的书很流行。什么掌握幸福的五十种方法，或是，让心情High起来的一百种方法，会以图文并茂的方式一一列举。

我还蛮喜欢这一类的书。因为可以站在书店，一转眼的工夫就能看完，根本不需要买回家细细阅读。但事与愿违，我还是买了好几本回家。其中，我最喜欢Tama这本《消磨时间的方法：

[1] 一九八九—一九九〇年，平成年开始时出现的一个电视节目，类似以前的"五灯奖"，每次邀十个业余的乐团比赛，Tama就在该节目中崭露头角。

一百二十三种小小的幸福》。

在总计一百二十三种消磨时间的方法中，我列举几种我喜欢的项目。

○ 仔细地擦眼镜

○ 思考以往的性经验中最美好的五次

○ 倒立

○ 把仙贝咬成狗的形状

○ 回想一些会让自己喷饭的事，却拼命忍住不笑

○ 有节奏地做缩肛运动

虽然每件事听起来都很无聊，但我真的全部照做了。然后，觉得自己心情开朗了不少，很值得。

没什么空余的时间。

我这么说，大家一定以为我的工作很繁忙，听起来很有成就感，但其实我并不是这个意思。

因为，我几乎不曾有过“啊，今天好闲”的念头。即使不写稿，大白天就躺在床上，计算着猫有几根胡子，开着收音机发呆过一整天，我仍然不觉得自己“闲”。

在这本书中，Tama 的知久先生（穿着垮裤，发型像西瓜皮，主唱的那个人）说“我好像从来不曾有过想要消磨时间的粗暴念

头”，我和他的想法如出一辙。

好不容易有的空闲时间，为什么要消磨掉？空闲的时候，就心存感激地享受这份闲情。

小时候，曾经觉得“闲”是一种痛苦。

但不是独自在家的时候，而是不得不去学校的时候。

上课时间还好，虽然被绑在课桌前，但至少手上有笔记本和铅笔，可以乱涂鸦，也可以写一些无聊的信给同学，还可以把教科书竖起来睡觉。

我想起来了，高中数学课上擦眼镜，被老师骂到臭头。一方面是因为刚配的新眼镜，另一方面是根本听不懂老师在说什么，所以，一到数学课时，就靠擦眼镜来消磨时间。结果，老师突然走到面前，我抬头一看，把老师的脸颊气得直发抖。我的脑子里才闪过“惨了”的念头，他就大发雷霆。

“整天擦眼镜，你到底想不想读书！你那两只眼睛，根本就是鲭鱼的眼睛！”

当然，之后的一段时间，大家都叫我“小鲭鱼”。至今仍然记得他怒发冲冠的样子。现在，我想由衷地对他说一声“对不起”。

体育课比数学课更“闲”，因为，上体育课时只能活动身体。无论排球、平衡木，或是游泳我都不想练习，但不练的话，又无法毕业。如果光是坐在那里，即使在上课，也可以做其他的事。但体育课就不行，精神不集中，就会从平衡木上掉下来。

运动会时的团体操堪称是“闲”的最高级，简直如同严刑拷打。

但还有比团体操更可怕的，就是在初中二年级的运动会时，全年级的女生配合着《滨千鸟》的诗吟跳舞。一身白色运动衣配制服裙子的奇怪打扮，手上拿着自己DIY的奇怪扇子。为什么要这么悲哀地在十月的蓝天下，穿着这么蠢的衣服跳诗吟？而且，还花了好长的时间才跳完。那是我人生中最“闲”的时刻。

随着年龄渐渐长大，感觉“闲”的时候也渐渐减少。在公司上班时，因为在工作的关系，当然不可能“闲”。男人必须参加许多无聊的会议，这种时候，他们一定感到“闲”得不得了。但我只是在此暂时落脚的一介粉领族，各种杂务忙得根本不得闲。

下班后，每天都赶场去玩，当然也没有闲工夫。可以直接回家的日子，或是没有任何安排的假日，每每让我雀跃不已，彻底地懒一天，根本没时间“闲”下来。

之后，我幸运地靠写小说维生。写小说的工作，没有和任何人签约，也不需要打卡，可以随心所欲安排一天二十四小时。

好高兴。真的好高兴。

从小我就是个喜欢一个人闷头玩的孩子。长大成人后，长时间和一大票人相处，会让我的压力像宿便一样郁积，回到家时，变成一个人，才会让我快乐得想要飞。

所以，我认定，我适合这份工作。

但是，我太天真了。

如果是有自知之明，又有自我管理能力的人，想必可以经营得很出色。然而，我不是那种有条有理的人。

不需要顾及别人的眼光，这是一件很可怕的事。每天睡到自然醒，下午又拖拖拉拉地看八卦节目，一直耗到晚上也完全没有工作的意愿。只要有人邀约，就欣然答应出去喝一杯，即使连续好几天过这样的生活，也不会有人出言干涉。

持续这种生活，会有什么结果？结果就是钱很快见了底。没钱无法生活，所以，如今，我抱着反省的态度，很认真地工作。

最近，每天会在八点至十点起床，晚上则在一点到三点上床睡觉。从起床到上床的时间，不是为写稿发愁，就是在写稿，不然就是看书。当然，偶尔也会抱着电话聊不停，或是出去玩、做家事，但大部分时间，满脑子都是写稿的事。

正当每天过着这种朴实的生活时，看到了这本《消磨时间的方法》。

首先，这本书的封面很棒。是由南伸坊先生负责封面设计，但我猜应该是他太太的杰作（猜错的话，只能抱歉啦），用碎纸做的蝉和蜻蜓的照片好可爱。

我在十几岁时，经常用不织布和纸片，做一些动物或是其他的东西，也常编织，还做过抱枕和手提包。除了手工艺品以外，有一阵子，还和同学一起迷上了用橡皮擦做印章。如果当时坚持下去，或许可以成为 NANCY 关[1]的弟子。

如今，我几乎不曾随心所欲做手工艺品或是画画了。无论做任

[1] 橡皮印章版画家，一九六二—二〇〇二年，年仅三十九岁便英年早逝。

何事，都会在无意识中先思考“目的”，避免浪费时间。当我发现这一点时，不禁为自己感到悲哀。

学生时代和粉领族时代，“on”和“off”十分清楚。假日时，无论想要刻橡皮印章或是倒立，都是我的自由，即使整天闲晃，也完全没有任何罪恶感。

但现在却不同了，无论在做任何事，我脑海深处都悬着写稿的事。好像永远都有写不完的功课一样。

从另一个角度来看，也可以说是十分充实。

无论看书、看电影、看电视或喝酒，甚至是我不太想承认的恋爱，都是在“体验生活”，任何一件事都可以成为写作的资源。

但是，有时候会感到喘不过气来。

漫画家吉野朔实在《可爱之瞳》的“少女漫画家的眼睛散发着三等星的星光”中写道：想到必须靠出卖自己的悲伤、快乐和羞涩的心情来填饱肚子，就觉得所有的感受都是虚假的……

这是漫画家女主角的独白。对，就是这样。真是说到我心坎儿里了。

从事创作的人都有着“是我，我啦，看看我”的强烈自我表现欲，因此，丧失了某种程度的纯真，无论看到什么，无论度过怎样的时光，都会无意识地用来丰富自己的作品。

于是，就无法享受真正的闲暇时间。

然而，当发现这一点时，已经为时太晚了。我已经彻底沉溺在创作的世界中，即使可以脱身，我也不想离开。

我的生活，已经没有“off”了。

想要从事创作工作的人，必须做好这种心理准备。无论再怎么闲暇，即使在咬仙贝或是做缩肛运动，对作家而言，这都不是“off”。

精打细算

-

《我要这个》

Paul Rudnick（白水社）

-

“全世界第一本购物小说”，当我看到书的腰带上这句广告词时就情不自禁地买下了它。

的确，这是一本“购物小说”。不喜欢血拼的人，可能从头到尾都无法理解这本书到底在写些什么。

但从头到尾我都知道这本书在写什么。虽然并不是认同所有的内容，却令我心潮澎湃，感觉终于有人大声地说出了我一直藏在心里的话。

书中的主角是毕业于耶鲁大学的二十六岁的年轻男子和他的母亲，以及他的两个姐姐。他们开车去赏枫叶，但在观光之余也去血拼，正确地说，是血拼之余去观光，反正，整个故事就是这么回事。

然而，他们对血拼的热情却是无人能出其右。由于家境并不是十分富裕，所以，他们必须绞尽脑汁，精打细算着如何在有限的金钱内，买齐需要的东西和想要的东西。

他们的认真、他们的欢乐、他们的美学，以及想要的东西太昂贵时的懊恼。在“熟门熟路的 Bloomingdale[1]”中，主人翁的他在一见钟情的蜜桑妮[2]毛衣前烦恼起来。

他用指尖翻开价格卷标，一千二百五十美元。想要如愿带回家，必须克服很大的障碍！即使身上有这笔钱，也不能轻易拿出来。真是令人厌恶的金额。如果有这些钱，可以用来为非洲的村庄买一年的粮食，还可以为每个村民都接种伤寒的疫苗，甚至可以建一幢砖瓦的校舍。在这里，却只能买一件毛衣！

在百般苦恼之后，他到底何去何从？即使有这些钱，他也不会拿来买这件毛衣，于是，他毫无恶意地伸出了第三只手。

我喜欢血拼，喜欢到有时候自己也会纳闷，为什么这么喜欢血拼？

无论衣服、家电，或只是外表可爱，却完全派不上用场的小东西，乃至一般的日用品，我就是喜欢买东西。所以，小时候，我常常主动帮大人跑腿。不管是父亲的烟还是其他的东西，买东西是一

---

[1] 纽约的大型购物中心。

[2] Missoni，意大利精品品牌。

件快乐的事，我很乐意被大人差遣。

读初中后，才意识到自己“喜欢买东西”。我是一九六二年出生的，自说自话地把和我差不多年纪的女人称为“幻想世代”。

当我回过神来时，发现自己站在三丽鸥专卖店[1]。啊，三丽鸥的专卖店。那是一个让少女迷惑得神魂颠倒的罪恶花园。男人绝对无法了解。

初中生时，物欲宙斯的子孙就已经站在了我的肩膀上。只要踏入三丽鸥专卖店一步，就会迷失方向。怪兽在我的肩膀上“呼～”地喷出熊熊火焰。

光是铅笔盒，就有凯蒂猫、人鱼等不同的图案，不计其数的各种设计，我都想要，每个都想带回家。但零用钱不够，必须严格挑选，非得认真挑选不可。

上高中后，除了这种梦幻商店以外，肩上的怪兽在书店和唱片行也会开始喷火，让我根本无法安安静静地在街上走路。

十六岁时，文化屋杂货店给了我极大的文化冲击。啊，文化屋杂货店。真的很想要把整家店都抱回家（即使现在，我也很喜欢那些便宜、没用的可爱东西。虽然通常都不会买，但还是很喜欢看）。

但我并没有足够的钱可以满足物欲兽的要求。于是，只能摸着怪兽的头，安慰它，总有一天我会帮你买的。

我流着泪，握紧双拳地下定决心，总有一天，我要用自己赚来

[1] Sanrio gift gate，日本 Sanrio 产品的专卖店，卖 Hello Kitty 等各种可爱的物品。

的钱，痛快地帮物欲兽买“好东西”。

所以，读大学时，我整天都在打工，完全不认为打工是一件辛苦的事，相反地，觉得很快乐，又可以赚钱。当时，觉得工作是一件多么美好的事，可见我有多笨。打工既不用负责任，赚来的钱也可以随心所欲地乱花，哪有不快乐的道理。

在毕业后，进入公司三年期间，是物欲宙斯的全盛时期。那一阵子好可怕，所向无敌的怪兽在 Rumine[1] 和西武百货里横行霸道。

物欲兽发威的理由有很多。现在回想起来，当时，真的是具备了各种理想条件。

我就职的是正处于泡沫经济全盛时期的证券业界。我必须坦承，即使每个月的薪水和其他人相差无几，奖金却比别人多了几位数。而且，和我一起进公司的另一个女孩子也是个败家女。我和她都住在父母家里，根本不需要为生活费的问题发愁。

那三年间，我不知道挥霍了多少钱。现在回想起来，真的觉得很懊恼。为什么不把一半的钱存起来？当时的我，脑子里根本没有“将来”这两个字。

买得最多的，当然就是衣服。我和那个女同事只要一下班，就会去逛街。我和她都很喜欢陪别人买东西。

虽说我们比一般人有很多闲钱可以花，但毕竟是刚踏入社会的新人，能够挥霍的金额还是有上限的，所以，挑一件裙子也毫不马

[1] 东京新宿车站上的购物大楼。

虎。我们常把“合理的价格”这几个字挂在嘴边。必须是我们买得起的价格，但看起来不会很廉价，又是自己喜欢的款式，最好能够穿个三五年。

我和她每天一起上班，一起逛街血拼，一起吃晚餐，有时候，连假日也相约一起去玩。现在回想起来，我和她相处的时间超过了情人和家人。但我们永远都不会没有话题可聊：从说上司的坏话到新男友，以及想用这个月的薪水买的东西。

由于我们的关系如此亲密，也对对方的衣橱了如指掌（我们曾一起在情趣商店买内衣，所以，我们连穿的内裤都一样。想一想，这种关系还真的有点恶心），所以，彼此的建议一定比店员更切实、更有意义。这件毛衣虽然颜色很漂亮，价格也很合理，但很难和你现有的衣服搭配，或是，你老是买暗色调的衣服，偶尔也买一件色彩鲜艳一点的衬衫吧。

我们身上的物欲宙斯像摩斯拉一样横扫东京后，终于在三年后偃旗息鼓了。我的小说获得新人奖后，就辞去了工作；不久，她也因为结婚离职，生儿育女去了。

已经无法再像以前那样那么痛快地挥霍钱包里的万元大钞了。没有年终奖金，在丸井百货买东西时，也无法用年终奖金来分期付款了。

如今，偶尔会回想起当时的甜蜜感觉——待字闺中的小女生既傲慢，又像糖果般的甜蜜生活。虽然很快乐，但我再也不会用那种方式花钱了，也没有了那种能力。“称心如意”这几个字，或许是对当时生活最真实的感受。

由于彼此的生活形态大相径庭，所以，已经很久没有和她见面了。我至今仍然记得她最喜欢的那件衣服——是在4℃买的一件粉红色的马海毛针织套装，上面有许多白色的蝴蝶结。那套看起来很蠢的可爱衣服，穿在她身上很好看。有时候我在想，真希望她现在也会穿这套衣服，因为，当她穿这套衣服时，看起来好幸福。

在那本书中，作者大胆断言了一句话。我以前就有这种想法，但觉得难以启齿，所以，从来不曾告诉过任何人。

血拼是，爱。

是爱，爱。

我徘徊在熟得不能再熟的横滨崇光百货中，脑子里思考着“爱”的问题。

我看到Renoma的携带式烟灰缸，想要买来送给父亲；猫的写真集要送给喜欢猫，却受限于公寓的规定而无法养猫的朋友；设计新颖的世界时钟，要送给一直很照顾我的编辑；这个巧克力要买给经常请我吃饭的前辈；在地下街的食品卖场，为每个家人买了一份加了干贝的什锦炸饼；最后，为自己买了一件正在打折的外套（但我给自己买的东西价钱最贵）。两只手拿满了购物袋，拿着满满的爱。

我做的事，或许有点强人所难。不需要物质也能表达爱。但我还是买了。除了买自己的份，还帮别人买。

啊……所以才会这么穷。因为，把为数不多的收入都贡献给了爱。

但是，日前发生了一件令我惊讶的事。

我相隔五年去了夏威夷，在檀香山的一大免税店里，我的物欲兽竟然没有苏醒。不想买东西了。好无聊。五年前，来的时候，还丧失理智地买了一个拉夫劳伦（Ralph Lauren）的大旅行包。

虽然渐渐懂得掌握分寸了，但始终以为物欲宙斯还可以易如反掌地摧毁东京铁塔，难道是它老了？

不，套用雷克拉夫人说过的话“拉夫劳伦还不至于缺钱到需要我帮他们拉抬业绩”，铁定是这样。

可爱的小玉

-

关于《雨天，猫爱睡觉》

加藤由子（PHP 研究所）

-

讨厌养猫的人，不能看以下的文章。了解了没有？看了只会让你生气，绝对不能看哦。

我家的猫很可爱。

看了这一行字，就忍不住骂“真白痴”的人，也不要看以下的内容。觉得“什么什么，要谈猫的事吗？”或是“我家的猫才可爱哩！”的人，可以继续看下去。

我家的猫十三岁，已经老态龙钟了。它是三毛的母猫，娇小而圆滚，身材虽小，却魅力十足。

它的名字叫小玉。真是个大众的名字。不过，大部分人在帮猫取名字时，都没有经过认真思考吧。

小玉是我十八岁时（啊，原来我也有过十八岁）从路边捡来的。之后，它一直在我家过着养尊处优的生活。

母亲原本就喜欢动物，立刻升格为“超级爱猫奶奶”，就像其他爱猫族一样，不时地买一些有关猫的书和写真集。

最近，母亲买回来的猫的书中，这本书特别有意思。

作者在书中写了一句“猫真是一种充满哲学味的宠物”，令我印象深刻。

猫是白痴。我看着已经适应了“被人饲养”，却又不时地露出“本能”神情的我家小玉，不禁思忖着：之所以有人说猫充满神秘感，就是因为它们可以很认真地做一些“令人难以置信的蠢事”。然而，却可以发人深省（它自己却什么都没想）。

我是在大学一年级时把小玉捡回家的。那天，在上学途中，看到路边有一只小猫“喵、喵”地叫着，忍不住伸出了手。它的身体柔弱娇小，浑身的泥巴，脸皱成一团，根本看不到哪里是眼睛、哪里是鼻子。一抱起它，它立刻扑到我的怀里，竖起爪子，一副誓死不肯放手的样子。走在旁边的同学嫌我“好恶心”，便独自先赶去学校了。

虽然我是外行，但一看也知道这只小猫危在旦夕。我完全没有要把这只濒临死亡的小猫带回家的意思，于是，就送去附近的兽医那里，心想兽医应该会想办法处理。结果，兽医也说：“如果继续在外流浪，它必死无疑。”我什么话都没说，兽医就自顾自地拿出一个纸板箱，细心地在箱子上打了好几个空气孔，然后，把这只临死的小猫交到了我的手上。

事情到了这个地步，我只好搭电车，把它带回了家。当然，母亲怒气冲天："都已经是大学生了，还会捡猫回来！"

但原本奄奄一息的它，在吃了饲料、有了自己的窝后，没几天的工夫，立刻变得精神抖擞。这或许就是生物的奇妙之处吧。原本十分严重的眼部炎症也好了，一开始，它还假装乖巧，等到它摸熟了环境，立刻开始对人类发号施令"快帮我做饭"！或是"我要出门了，帮我开门"。

共同生活后会发现，猫真的很可爱。它睡觉的样子充满媚态，散发着迷人的性感；洗脸的动作或是把脸贴过来时的样子，都让人难以相信世界上竟然有这么可爱的东西。

我家以前养过狗，自从狗病死后，就暂时不想养大型宠物了，于是，在家里养过金鱼、十姊妹鸟、乌龟和黄金鼠。但金鱼不能摸；乌龟摸起来也冷冷的；养十姊妹和黄金鼠时，稍不留神，就会大量繁殖。所以，每种动物都不得我心。

猫很好。猫摸起来的触感很好，身上也不会有像狗一样的味道，可以同床共眠。即使不带它去散步，它也我行我素地自得其乐。在家里，它可以自由活动，它会自己去外面解决大便的问题。体形大小也刚好。养黄金鼠时，一不小心，就会把它踩死，但即使是粗枝大叶的人，也不可能轻易把猫踩扁。

但，还是有一些问题。

首先，家里到处都是毛。不管是被子上还是睡衣上，瞪大眼睛看一下，就会发现上面沾满了毛。神经质的人绝对不能养猫。其次，猫会定期地把积在肚子里的毛吐出来，吃太撑了也会“吐”。前几天，它半夜吐在我的被子上时，我简直气傻了。即使想要破口大骂，它也不知道逃到哪里去了（即使是猫，在呕吐后，还是会觉得难为情）。我看到被子上大量的“呕吐物”，觉得自己好像是一岁宝宝的母亲。

然后，它常带一些“伴手礼”回来也很让人伤脑筋。小玉年轻时，常带蜥蜴、蟑螂、麻雀、鸽子、萨摩饼[1]、金鱼、鹦哥等伴手礼回来。在鸽子之前问题还不大，但萨摩饼之后的东西很可能导致邻里问题，所以，全家人闭口不谈，以免泄露了“天机”。

虽然猫基于本能狩猎，但在抓到猎物后，才发现原来自己并不饿。于是，它就茫然不知所措，只好先拿回去给妈妈（饲主）。但对饲主来说，真的是情谊虽美，却难以消受。虽然为这事骂过它好几次，告诉它这是在给我找麻烦，但它仍然乐在其中，与其骂它“白痴”，不如觉得它“好可怜”。这些都只是它残存的本能惹的祸。

还有，猫以类聚也很伤脑筋。养猫时，野猫就会经常在房子周围出没。小玉已经做了避孕手术，公猫来找它并不是为了做爱，而是觊觎它的餐点。当小玉昏沉沉地睡午觉时，野猫就会不请自来地登堂入室，把小玉的饭吃得精光。

---

[1] 将鱼浆和蔬菜混合后，油炸而成的食品。

在数只野猫中，有一只还是小猫，看起来营养状态很差，所以，我们就不时地喂它吃点东西，久而久之，那只小猫干脆住了下来。虽然我们帮小玉做了避孕手术，但有时候心太软，家里的猫还是会不断增殖。

在离开娘家五年期间，后进门的野猫（它的名字叫小小。从名字上丝毫感受不到饲主的爱）死了，现在，只剩下小玉而已。

好久不见的小玉已经上了年纪，毛发失去了光泽，也不再带伴手礼回家了，比以前更贪睡。整天在太阳底下重复着快波睡眠和非快波睡眠。

啊，在不久的将来，你就要死了。一想到这里，我便热泪盈眶地、紧紧地抱住小玉。小玉虽然一脸厌烦地抓伤了我的脸，但我决定原谅它。

小玉老了以后，比以前更黏人了。一整天都会待在我们看得到的地方。它年轻时，经常半天不见猫影，如今，似乎不留在人的身边，就会感到不安，常常跟在人后面走路。我上厕所时，它就在厕所门外等，我又忍不住抱紧了它，于是，它又厌烦地生气了，真搞不懂它到底在想什么。

猫活得太久，就会发生令人意想不到的事。最近，小玉的食欲骤降，好像嘴里有什么不舒服，原以为它得了口腔炎，就带它去附近的兽医院检查。结果，兽医说："哎呀，原来是牙结石！"积了很久的牙结石变得很大，割破了它的嘴，连牙龈也肿了起来。听说，猫要活得够久，才会出现这种情况。

最近，小玉经常跌倒。当它像年轻时那样轻轻跃上电视时，竟然脚下一滑，跌倒了；有时候，它想爬到人的膝盖上，却在他们两腿之间失足跌倒，额头狠狠地撞在桌子上。即使如此，小玉仍然可以镇定得像什么事都没发生过似的自顾自洗它的脸。

母亲在一旁念着“我的眼镜放哪里去了？”四处寻找被她推到额头上的眼镜（虽然好像是蝾螺姐姐漫画中出现的场景，却在我家真实上演）；父亲也不是省油的灯，一边说着“根本听不到”，一边拼命调大电视的音量。啊，每个人都在高龄化，我再度含着热泪，抱紧了一心想逃的小玉。

因为工作关系而经常在家的我，和除了在家睡觉以外，没其他本事的小玉就像恋人一样腻在一起。我一直以为，我们彼此相亲相爱，但看了这本书之后才发现，这只不过是人类的自作多情。

经常有人说，“猫会认家”，其实，它只认“会喂饲料的饲主的家”，并不是因为喜欢饲主的人格。

可能真的是这样。

以前，当我去国外旅行时，曾经哭哭啼啼地把小玉寄放在兽医那里。旅行回来去接它时，发现原本很怕生的小玉竟然和兽医亲密无间，用一副“你是谁”的眼神看着我。

小玉啊，我不是对你恩重如山吗？在你奄奄一息时，是我把你捡回家的。你不是喜欢我，才每晚和我相拥而眠吗？我就像被情人抛弃的怨妇一样，责问着小玉。

小玉瞥了我一眼，用刚舔过屁股的舌头舔了舔我的脸。

薄情人

-

《接近无限透明的蓝》

村上龙（讲谈社文库）

-

这本书，改变了我的人生。

然而，我却忘了这本书的故事情节。不要说把故事情节忘了，我翻遍书架，才发现自己根本没有这本书。于是，只好跑去书店购买这本书，发现同时有卖精装本和文库本，在百般犹豫后，买了文库本。所以，读者是很薄情的。

虽然我说这本书改变了我的人生，但并不是说看了这本书后，让我变成不良少女，或是立志要成为作家，或是对未来自暴自弃，或是莫名其妙地开始自 High 起来。

这本书，让我的阅读习惯发生了巨大的改变。

不，这么说，听起来好像以前也饱览群书，看了这本书后，开始阅读大量不同种类的书。不，完全不是这么回事。

我是在高中三年级时邂逅了这本书。

虽然有着“作家”头衔的人，不应该自鸣得意地说这种话，但还是必须坦承，小时候我并不是个文学少女。

我对语文课完全不感兴趣，连三张稿纸的阅读感想都是费了九牛二虎之力才能填满格子。

但我喜欢看漫画。漫画更有真实感，也有趣多了。和我同世代的人，或许有不少人都和我一样。

还好，我不是讨厌看书，大我两岁的哥哥很爱看书，哥哥说好看的书，我就会拿来看。当时刚好是科幻小说的巅峰时期，我就像看漫画一样，看了小松左京、半村良、筒井康隆等人的小说。

但一个月看的书不会超过两本，十七岁的我每天到底在干什么？不是在看漫画，就是和朋友一起去玩，不然就是躺在床上睡大头觉。

虽然不怎么喜欢看书，却极爱学校的图书馆。我经常跑图书馆，但并不是为了借书，而是去做功课，或是和同学说悄悄话，也可能是在那里等男朋友社团活动结束。

偶然闲来无事，也会去瞄一瞄书架上的书。正当我晃啊晃地看着书的封面时，这本书就跳入了我的眼帘。由于书名很美，我很难得地想要借回家看。

我真的很无知，根本不知道这是史上同时获得群像新人奖和芥川奖最年轻作家的作品。在黄昏人迹稀少的图书馆内，我翻开了这本书。

距今已经十五年了，虽然早已忘记了书中的故事情节，却依稀记得当时的冲击。

这也是小说吗？

这就是我当时的感受。虽然对如今身为作家的我而言，这实在是令人无地自容的发言，但这就是我当时的真实感受。

我原以为，小说应该条理更清晰。但这本书却让人感觉混沌不清，在阅读的时候可以嗅到各种不同的味道。书中散发出汗水、菠萝和从来不曾闻过的大麻的味道，还有刚开始熟悉的香烟的味道，以及刚开始熟悉的男人的体味，顿时让以前所读的那些书黯然失色。

事隔十五年后，当我再度拿起这本书时，仍然可以清楚地回忆起当时的精神状态。那时候，我刚好在电视上看完电影《银翼杀手》（*Blade Runner*），总觉得电影的最后一幕和这本书的最后一幕产生了重叠。

我一直“扮演”着轻松的高中生角色，但这本书对我内心产生了极大的震撼。我发现那些整天吵吵闹闹的同班同学和猴子没什么两样。事到如今，当然可以用一种怀旧的情绪回想那个年龄常见的烦恼，然而，当时的我却痛不欲生。为了避免受到被关在教室这个狭小的笼子里的四十几只凶暴猴子的侵害，最安全的办法，就是把自己也变成猴子。

回到家里，等待我的又是母猴、父猴和兄猴。我看书的行为，也只是在模仿兄猴。

这本书的最后场景，让吓得缩成一团的我获得了解放。

从此之后，就不曾再碰过我哥的书架。我学会了独立。然后，开始用自己的脚和眼睛寻找好书。也不再害怕猴子了，我已经产生了勇气，不需要再模仿别人。

在少女时代不爱看书的我，长大后成为作家，总算培养起了看书的习惯。

但在一九九一年一整年中，我只看了九十二本书。由于并不包括数据书和杂志类，所以，实际数字应该更多一点。平均来看，每个月看八本书。以我的职业来说，这或许略显不足。今年的速度稍有提升，在四月底以前已经看了四十七本，按这样的进度，一年可以看一百四十本书，但实际应该无法达到这个目标。

我并不认为数量很重要，也不认为看书需要一窝蜂地赶时髦，抢先看刚上市的新书。

某些人不想把短暂人生的宝贵时间浪费在看无聊的书上，只看那些经过时间洗礼而残留下来的经典著作，对这种态度我也无法苟同。

我相信有人会感到不耐烦，只不过是看书而已，有必要弄得这么麻烦吗？

读者可以任性。无论是墨菲[1]也好，马克思也罢，麦迪逊也罢，

[1] Joseph Murphy，美国神学博士、作家，著有《心想事成》。

想看就看，觉得无聊，也可以中途放弃，把书卖到旧书店去。

对了，我想起来了，向学校图书馆借的那本《无限接近透明的蓝》最后并没有还，我擅自留下来当作毕业纪念，但最后还是不知道把它扔到哪里去了。

至于之后有没有成为村上的读者这个问题，老实说，同样是村上，我更偏爱春树先生的作品。虽然村上龙的作品改变了我的人生，最终却是这样的结果。

可见，读者是多么薄情。

致平凡的你

-

《时下的年轻人》

水玉萤之丞、杉元伶一（岩波少年新书）

-

前几天，一位朋友哭着打电话给我。

光是这样，就像是在朴实的日常生活中投下了一颗炸弹，把我吓了一大跳，以为发生了什么天大的事。

我家的电话在中午以前几乎不会响，而且，打电话给我的虽说是朋友，但其实是比我小一轮的大学生，更何况，她住在福冈。

她在电话的那一端“哇”地哭了起来。才刚起床，穿着一身破睡衣的我，还触人家的霉头，以为她父母死了呢。

但结果是她失恋了。

我立刻拿来了烟和烟灰缸，准备好洗耳恭听。

她泣不成声地告诉我，她被男朋友抛弃的原委。我“嗯、嗯”

地听着。那时候才上午十点左右。她说她等一下要去打工。她哭着说：我真的真的很痛苦、很难过，真的真的很想要死，但为什么还要去打工？我“嗯、嗯”地听着。由于电话是从福冈打到横滨，不一会儿工夫，电话卡的余额就不够了。她对着听筒叫着：“啊，等一下，我去买电话卡。”我急忙说：“喂，喂，你去找一家咖啡店，不然就回自己的家或去朋友家，我打给你吧。”“没关系，我去买电话卡，请等我一下。”

在她挂上电话之后，我急忙去泡了茶，然后坐在电话前待命。

电话铃再度响起：“啊，山本小姐，真的很抱歉。我不知道该怎么办。泪水像决堤一样，一直流不停。但我还是会去打工。虽然我很想死，但我绝对不会死。我好痛苦。呜……”

正当我“嗯、嗯”地听着的时候，发生了一件令人震惊的事。我也跟着她伤心起来，情不自禁地陪她哭了起来。

这种时候，无论大人用再温柔的话语安慰或是分享自己的经验，都无法缓解二十岁女孩子的心情。但我还是费尽口舌，把“可能只是吵架而已吧”“双方冷静一段时间后，或许还会重修旧好”“反正你还年轻，天涯何处无芳草”之类的话都搬了出来，但在挂了电话后，内心还是留下了无可言喻的无限空虚。

几天后，我在图书馆看到了《时下的年轻人》这本书。我要声明，这个书名根本就是“噱头”。但我看到是岩波少年新书，还以为是经过深思熟虑后决定的书名呢。如果想要搞砸一本书，可以在最后加上（笑）或者是（过时的用语），哈，不可能有这种事吧。

由于我之前就很喜欢水玉先生的插画，再加上前几天才接到那样的电话，我就兴冲冲地借回家看，发现真的是一本有趣的书。

这本书，主要观察了时下的大学生（也有讨论社会一分子的项目）。

该书从一个人住、熬夜、消费和恋爱四个角度，揶揄时下的年轻人，虽然水玉先生用了“揶揄”的字眼，我却从中感受到了“爱”。水玉先生的插图和文章不仅可爱，更因为人物也显得十分可爱，散发出“爱”的感觉，所以，我特别喜欢。我更欣赏他可以用这么可爱的插图表达很严肃的问题。

但是，这本书到底是给哪个年龄层的人看的？难道初中生或高中生会看这本书，发誓“嗯，我绝对不要做这种白痴大学生”？还是大学生看了以后，置身事外地嘲笑别人，“哈哈，真的有这种家伙”？抑或是像我这种尴尬年龄的大人会看这种书，然后沉浸在“嗯，学生时代真快乐”的怀旧情绪中？

在大学时代，认真读书的人常常让我“备感尊敬”。

有时候，身边真的会有这种用功读书的人。

像是曾经去留学（虽然并不是只要留学喝点洋墨水就等于出色）的人，或是代表毕业生致辞的人，或是通过簿记的级别考试（即使是如此而已，也会让我觉得很了不起）的人。

当我拼命用功应付联考，最后如愿考上第二志愿时，心中也曾经燃起熊熊的希望：“进了大学后，我要好好读经济！”

所以，入学后，为了结交朋友，就随便参加了一个社团（我参加的是相声研究会，也不知道算不算“随便”的社团）。当时，我还算是个纯洁的年轻人。当我把选课单给学长看，听到他们说“这个科目和那个科目，即使不去上课，只要参加考试，就可以拿到A”时，内心还曾经产生反感。

然而，过了不到半年的时间，不去上课，只要参加考试就可以拿到A的科目，我绝对不会去上课；我只去上必修的英语和靠点名评定成绩的体育课，以及上课内容还算有趣的文化人类学。

为什么会这样？现在回想起来，应该是那些课太无趣了。但最大的问题当然出在自己身上，出在擅长使用“姑且”“暂且”“随便”“马马虎虎”这些字眼儿的死板性格上。

读大学时，父母提供学费和生活费，但即使不去上课，也可以拿到马马虎虎的成绩。于是，眼前就出现了四年的自由时间。

在这自由的四年时间内，我做了什么？当然是打工、恋爱和败家。就只有这三件事。啊，每个月都定期购读*OPUS*杂志，立志要成为作家的青少年哟，像我这种人也是可以当作家的。可以做任何事，也可以什么都不做。作家根本不伟大。别担心，你一定可以成为比我强一百倍的作家。

我偏题了。总而言之，当时，我只对恋爱、衣服和喝酒有兴趣。说起来，比起网球社团或滑雪社团的人，我参加的相声社团，的确让我经历了一些与众不同的体验；打工的种类和总时数也可能超过周遭的其他同学；也谈过浓密的恋爱。

但我只是一个墨守成规的大学生。对此，我从来不曾有过烦恼或犹豫。每天都过着快乐似神仙的生活。

但是，在大学四年级时，我被男朋友狠狠地甩了。哎呀呀，当时可真是天大的事。

因为，我几乎是为了和他约会，以及买约会服装才去打工的，对未来唯一的梦想就是“当他的新娘”。

所以，很能够理解那个哭着打电话给我的女孩的心情。一旦失去了“他”，自己便一无所有。这才发现，原本快乐又安稳的每天，都是由一根支柱支撑起来的。所谓的安稳，根本是错觉。只要对方的心意一变，整个世界就土崩瓦解了，那根本是一种不安稳的快乐。

如果是大人，还可以遁入“工作”中，或是投入“兴趣”中来逃避。我所说的大人并不是指有工作的人，想必有些二十岁左右的人，在精神上已经是个独立的大人了。所谓大人，通常会为自己准备退路，或是同时用几根支柱来支撑自己的生活。

大学生失恋时所承受的打击或许比踏上社会后更沉重。因为，他们无法靠“其他不得不做的事”来消磨时间，无法让时间来疗伤止痛。真可怜，一定很痛吧，一定大惊失色吧。一定不知道明天该如何生活下去吧。

然而，我很清楚，即使三十一岁的我告诉她：“别担心，时间可以解决一切。”也绝对无法触动她的心。虽然我知道，但找不到其他可以安慰她的话，只能搬出这句话来，她支支吾吾地应了一句：“咦，是吗？”想也知道。如果比我大一轮的人对我说“时间可以解决一切，打起精神”之类的话，我或许也会觉得她“啰唆，猪头”。

杉元先生在书的后记中写道：

“我虽然在书中写道，二十六岁无法理解十六岁，但十六岁却能够理解二十六岁。他们是靠一种直觉能力来理解的。十几岁时，之所以对大人强迫我接受或共鸣产生反弹，也是因为我凭直觉嗅出了其中的可疑。大人不能相信，这是年轻世代普遍的共同认知，基本上，这是正确的。”

正如他所写的那样，我被完完全全地看穿了。

自以为能够“理解”二十岁的她，或许只是我的自以为是。

曾经是个白痴大学生的我，如今变成了白痴大人。虽然有时候会发自内心地感到羞愧，但有时候也会感到自豪。

就像杉元先生在书中所写的那样，我能够充满自信地传承给年轻世代的，只有一句话：

“小心别怀孕了！”

Escort me

-

《你一个人吗？》

Christine Ferniot 编（筑摩书房）

-

有时候，会不经意地感叹，幸好我生在日本。

我不曾有过在国外生活的经验，最多只有随团去国外旅游了几次，所以并不了解国外真正的情况。

但在看书或看电影时，我发现生活在欧洲国家的人，经常被要求必须“成双成对”。即使住饭店时，大部分房间不是有一张双人床，就是有两张单人床。

比如，电影《魔女嘉莉》。毕业舞会上没有男生“陪伴”这件事，似乎这个女孩子的人格就被完全否定了。

Escort。我忍不住去查字典。Escort 就是护送、陪伴的意思。原来如此，原来是陪伴。

原来，美国和欧洲的女孩子在高中毕业参加毕业派对时，一定要有“陪伴”自己的男孩子；必须在生日的时候送礼物，经常约会，培养感情，以免在重要的日子被放鸽子。

但是，毕业生中，男女的人数并不一定相同（我忍不住情绪化起来）。而且，即使男女的人数刚好相同，每个人都有自己的喜好，需要和供给怎么可能刚好平衡。不过，在实际生活中，他们似乎处理得很圆满。

光是这件事，就让我庆幸自己生在日本。我才不想为了一个派对这么伤神。

在法国，短篇小说似乎始终无法受到重视。但最近，越来越多的法国作家开始写短篇小说，像《你一个人吗？》这种短篇小说集也问世了。

对法国这个国家我并没有特别的兴趣，对法国文学也没有深入的了解。但不知不觉，我被这本书封面上的标题深深吸引。

主人翁是单身公务员。在每天去用餐的餐厅里，当女服务生每每问她“请问您一个人吗？”时，就让她火冒三丈。餐厅里双人座位和单人座位分开，双人座位在暖气的旁边，但单人座位却在大门旁，外面的冷风不时吹进来。她觉得这是对单身的惩罚。然而有一天，当她看到一位独自走进餐厅的女客人被带到双人座位时，受到了极大的打击。

故事情节大概就是如此，真是个悲伤的故事（其实，这本小说有一个十分有趣的结局)。

她思考着一个问题:一个人在餐厅吃饭和一个人在家吃饭,到底哪一个更令人感到悲哀?

你呀,越是去想这种事,越是找不到男人。我忍不住想要对她说教。这两种情况都没什么好悲哀的。

还是说,在法国,女人独自去餐厅(不是快餐店,而是可以喝葡萄酒的餐厅)并不普遍?

即使在日本,餐厅或许也不怎么欢迎单独的客人。但只要仔细观察一下,会发现单独用餐的人其实并不少。不久之前,我在傍晚时走进一家荞麦面店,就看到一名中年女子一边喝着啤酒,一边吃着天妇罗荞麦凉面,一点儿都不觉得奇怪。

以前,不得不独自在外吃饭时,经常去吃麦当劳,但现在通常都去日式餐厅点一份什锦寿司饭犒赏自己。这或许证明我已经加入了老太太的行列。

在外面吃饭,有伴的话当然比孤零零的一个人快乐多了。在人满为患的餐厅,面对成双成对的情侣独自用餐,难免有孤独的感觉。加班到很晚,去便利商店买便当回家,独自在房间里啃便当或许真的很心酸。

但真的是这样吗?

如果是我的话,与其在吃饭时还要费心地找话题和并不怎么喜欢的人聊天,倒不如一个人慢慢享用更愉快;每天吃便利商店的便当固然会吃腻,但偶尔的话,便当应该也很好吃。一边看相扑的精彩画面集，一边吃7-11[1]的烤肉便当，外加一罐易拉罐啤酒当消夜，虽然见不得人，但这种很有“老伯伯”味道的时光也很不错啊。

基本上，我都是一个人吃饭。

虽然我和父母同住，但母亲只做父亲的饭。因为母亲是家庭主妇，为父亲准备三餐是她分内的工作。然而，母亲的工作并不包括帮我做饭。而且，她帮我做饭，反而会让我伤脑筋。我希望在自己想要吃东西的时候，吃想吃的东西，可以想吃多少就吃多少，所以，无法和别人共享，也丝毫没有这种念头。

还是学生的时候，母亲还会为我和哥哥张罗晚餐。因为，为孩子煮饭是母亲的工作。但随着年龄的增长，我们在晚饭前回家的概率越来越低，做的料理变成厨余的次数越来越多，于是，母亲便体会到已经不需要再喂食自己的孩子了。

以前，结婚时（我结过婚哟），每天为丈夫做晚餐。虽然不是我的分内事，但觉得这是表达爱的一种方式。

然而，丈夫和我在饮食上的喜好南辕北辙。如果做自己爱吃的，丈夫就会不悦。于是，我经常配合他的口味。

但是，爱喝酒的丈夫经常半夜三更才回家。费心做的料理白白浪费了。但丢掉又觉得可惜，于是，第二天就必须吃自己根本不喜欢吃的料理（而且还是隔夜的）。

后来冷静地回顾这件事时，发现错不在晚归的丈夫，而是错在

---

[1] 日本的便利连锁店。

我不该“做好饭痴痴等待”。

有人在家里煮好饭等待着我。这或许是一种幸福，但是“做好饭痴痴等的人”不了解这会对“被等待的人”造成多大的压力。

这两种角色我都不想扮演。只想做自己的份；只想在想吃的时候吃自己想吃的东西，想吃多少就吃多少。

话虽如此，但一个人或许真的很孤独。

无论看电影、看戏或是买东西，我通常都是一个人。突然出现了空当，或是写稿遇到“瓶颈”时，我就会一个人出门。

但有时候，也想和别人约好一起去看电影或看戏。有时候，一个人出门后，突然很想和别人一起吃饭。尤其是去游乐园或小旅行，或是比较贵的餐厅时，总希望身旁有个男人，而不是一个人孤零零的。

虽然表面上的理由是“有伴儿会比较快乐”，但归根结底，是因为“没有人会一个人来”这种地方的现实在作祟。

去“没有人会一个人来的地方”时，就会找一个可以陪伴的人。虽然这种态度让我无法释怀，但自己还是在这种无形的压力面前败下阵来。

不，但是——

换一个角度来看，如果需要的只是派对的同伴，要找一个只需要“陪伴”一天的人应该不是什么大问题。

然而，在当今的日本（其他国家的情况我就不得而知了），无论男人还是女人，只要逼近三十岁，就会承受更大的压力。“你不准备结婚吗？”的空气，就像子泣老头[1]一样骑在你的背上。无论周遭的人和你自己都会以为自己需要，必须为漫长的人生找一个“可以陪伴左右的人”。

需要吗？真的需要吗？

情侣是“家庭”的最小单位。虽然偶有例外，但大部分人都是在家庭中诞生的。然后，有朝一日，父母驾鹤归西，家庭便消失了。难道，人类寻找“陪伴自己的人”，就是为了在原来的家庭消失以前，重新编织一个家庭吗？

二十四岁以前左右逢源，一过二十五岁，就乏人问津。把女人比喻成圣诞蛋糕的时代虽然已经结束了，但只是数字稍微增加了而已，本质并没有改变。如果人生没有人陪伴，这个人似乎就变成了“多余的”。

人类这种动物真的需要“家庭”吗？

必须成双成对。必须一男一女。

必须为此付出努力。必须为独自用餐产生罪恶感。否则，就会在毕业舞会上被洒猪血。啊，真可怕！

无论生活在哪个国家，少数派的烦恼或许都大同小异。

---

[1] 日本的妖怪，会发出婴儿般的哭声吸引游客的注意力，当游客同情而把它背在身上时，它就会变成老头子，而且像石头一样重。

人的巢穴

-

TOKYO STYLE

都筑响一（京都书院）

-

我没有一个人生活过。

当这么告诉刚相识不久的人时，对方大吃一惊。据说是因为我看起来不像是没有独立生活经验的人。虽然不知道这是代表一种称赞还是我看起来并没有“大家闺秀”的味道，但无论如何，到了这个年纪，自己还不曾有机会一个人住。

当然，如果想要一个人住的话，也是有这样的机会的。事实上，我父母很啰唆，我十几岁时就在想，等一工作就要搬出去住。但从学校毕业找到工作，正想要搬出去住时，家里发生了大大小小的事，在“静观其变”之际就结了婚。那次婚姻以失败收场后，我又垂头丧气地回了娘家。这么一本正经地写下这段经历，我觉得自己真窝囊。

我很向往一个人住的生活。

所以，特别喜欢去独立生活的朋友家玩。虽然明知道这样很没有礼貌，但只要一去别人家里，自己就会巨细靡遗地观察对方的房间。

别人的房间很好玩。如果说有偷窥的嗜好，我也无言以对。无论是录音带上标签的贴法、整理杂志的方法、保养鞋子的方法，或是床单的花样，所有和我的相似或完全不同，都会让我很感兴趣。

就算是看起来几乎有两年没打扫的脏房间，或是整理得井然有序的房间，当我感受到主人在自己的房间充分享受着生活，很舒适地享受着自己的小天地时，就令我羡慕不已。

当我和朋友聊起这些时，他推荐说，有一本很棒的写真集一定要看看。结果，就是这本 *TOKYO STYLE*。

当我听到这不是美轮美奂的装潢写真集，而是在东京生活的普通人居家写真集时，觉得很好玩，正准备去买，听到一本要价一万二千日元时，不禁陷入了沉思。我喜欢血拼，但之所以在血拼时“很认真”，说到底，其实就是因为我很吝啬。于是，我决定去图书馆借。

当从图书馆借回这本一万二千日元的写真集后，几乎整整有两天的时间我把这本写真集捧在手上，爱不释手。

写真集中搜集了近一百个普通人的居家环境。注释先用英文写，然后才翻译成日语，可能目的在于向外国人介绍“时下东京人的真实生活”。

总之，每间房间都详细拍摄了从橱柜到浴室的各个角落，我废寝忘食地翻阅着。这样一本写真集，一万二千日元真是太值了。

虽然也有几间一尘不染的房间，但大部分都是杂乱无章的房间，似乎可以听到主人“要我打扫，简直比叫我死更难受，即使再脏，也无所谓”的声音。乱成一团的房间当然比较有看头。

在这本厚厚写真集的无数房间照片中，发现了许多和我相同的物品。同机种的传真机、相同的闹钟、相同的电视机、无印良品的背包、健身脚踏车、精工牌的全球时钟，以及书架上排列着的相同的书、相同的漫画。当在别人的房间里看到和自己一模一样的物品时，自己心里就觉得痒痒。其实，在日本各地，一定有许多人喜欢用同一款式的无印良品的背包。

详阅后我发现了几件事。第一，就是拥有计算机的人数超乎我的想象。虽然没有任何一张照片上出现文字处理机，却出现了许多苹果电脑。在衣服和牛奶盒堆里，苹果电脑乖乖地躺在那里。不出十年，东京可能就会变成“你到现在还没有苹果电脑吗？”的状况。

还有另外一件令我深有感触的事，就是女孩子的房间并不一定漂亮整洁。

写到这里，我不禁回头看看自己的房间。

位于横滨市南区娘家的二楼，平淡得不能再平淡的木板地（要特别声明，不是地板）的六叠大的房间。地上铺着我哥用过的旧地毯，还放着一张也是我哥离家时留下的破床。墙上挂着巨大的世界地图和一张巨大的年历。无论怎么看，都说不上是一间有品位的房间。

但房间还算整理得干净。虽然地上堆了许多杂志和书，但每星期都会掸一次灰尘，用吸尘器吸一次地，也会用布擦一下。

然而，这间房间即使报名参加 *Non-No* 杂志的室内布置大赛，在书面审理时，也会被刷下来。虽然有打扫，但难得购买的乡村风情碗橱上，竟然放着“IICHIKO”的瓶子，而且，我有乱脱袜子的习惯，房间里到处都是我脱下后乱扔在地上的袜子。

我的朋友中，没有人住在那种装潢杂志上常出现的漂亮房间里。不管去哪一个女性朋友的家里，即使或多或少有打扫，也没有任何一个人过着像 *an·an* 封面上的那种生活。或许，我拼了老命找的话，可以找到一个。但如果不用心找，根本就找不到这种人。

在这本写真集中，有几间房间让人怀疑：“这真的是女孩子的房间吗？”我绝对没有轻视她们的意思，只是惊讶而已。因为，我一直以为大部分女人至少会做好某种程度的清扫工作。

我并不是说，女人都喜欢打扫。我自己就很讨厌打扫。打扫的工作完全没有生产性。即使费了好大的力掸掉了灰尘，不出三天，会再度积起来。一星期后，擦干净的窗户又变脏了。

然而，如果放任不管，看起来更恶心。打扫浴室虽然很麻烦，但一想到要在布满水垢的浴缸里泡澡，浑身都会起鸡皮疙瘩。我讨厌穿拖鞋，喜欢光脚在家里走来走去，看到走廊上和楼梯上积满灰尘，也会觉得很恶心。所以，不得不打扫。

不知道为什么，大部分男人都觉得“脏了也无所谓”。

很久以前，我去男朋友家，经常帮他打扫。他看到我连厕所也帮他清洁得一干二净感激万分，但其实我并不是为他打扫的，而是因为要我在又脏又臭的厕所方便，简直比死还难受。

我常常很纳闷，为什么男人可以毫不在意脏乱或是散乱？

但其实并不是男女的问题。女人中，也有人“即使乱成一团也毫不介意，积了好几个垃圾袋，或是积了一堆报纸都无妨”。所以，在这种状态下，应该也会有男人感到忍无可忍。

这不是男女之差，而是人的个性问题。原来如此。

看到家里脏了就静不下心来的人和对脏乱熟视无睹的人，应该无法共同生活。

世上的未婚女人们，无论你是多么乐于奉献的人，即使认为可以为心爱的男人打扫，也只限于恋爱的初期。对脏乱毫不在意的人看到脏乱，也丝毫不会介意，所以，即使你再怎么卖命地打扫，他也只会觉得“噢，你打扫过了”而已。而你，就必须一辈子跟在对脏乱毫不在意的人屁股后面捡垃圾。我推测，你总有一天会放弃。

不久前，我那位前男友结婚了，我去参观了他们的新居（不，我们没有任何暧昧关系），看到他的新家时，我内心“啊”了一声。

这个人向来喜欢乱放东西，而且，也从来不知道要“丢东西”。书、CD、衣服、杂志和所有广告单都保留了下来，舍不得丢，但又不懂得整理，他的房间简直乱到只有他自己才能够分得清东西南北的地步。

然而，他的新家却有条不紊。三房一厅公寓的每个房间都窗明几净，书和录音带都整齐地排列着，衣服都挂进了衣橱，他搜集的军用品也都被塞进了塑料的衣物箱里。

这不是他的家。想到这里，我不禁悲从中来。以前，他一个人住的那个家真的就是他的"窝"，他在这种像建筑工地的样品屋般的地方，能够充分放松吗？

他那娇小可爱的太太，在从今往后的日子里，能够一辈子拿着抹布跟在他后面擦吗？

我很坏心眼儿，很想看看他们三年后的样子。我不认为他会受到太太的感化变得爱干净。真希望他太太可以被他感化，也开始乱丢、乱放东西，那时候，他们的家才能成为名副其实的"窝"。

亲手编织的毛衣的结局

-

《暖暖国的毛衣》

津田直美（日本 VOGUE 社）

-

我要问男人一个问题：

曾经有人送你亲手织的毛衣吗？

收到的时候，你觉得高兴还是觉得可怕？现在还在穿吗？是否尘封在衣柜的角落？那件毛衣还在吗？你有珍藏吗？还是在搬家时，顺手丢进了垃圾袋？是否被新的女朋友发现后拆掉了？

亲手编织的毛衣，结局到底何去何从？

如今，荣登“不可以赠送的礼物”冠军宝座的，就是亲手编织的毛衣。

收到别人亲手织的毛衣很伤脑筋；毛衣里可能织进了怨气，害怕得不敢穿；反正是外行人织的毛衣，一点儿都不好看，根本懒得穿。我在某男性杂志上看到以上大众化的意见。我也这么觉得。世上的女孩子也应该认同这一点。但不知道为什么，一到圣诞节或情人节，去蒲田“汤泽屋”买毛线的少女就络绎不绝。

虽然现在说这种话，但以前年轻气盛时，自己也织过两次毛衣送给男人。

第一次是十九岁时，织的不是毛衣，而是背心。对方真的很高兴（的样子）。但从来没看他穿过一次我帮他织的毛背心。

第二次是二十一岁时，我用手工编织之王的极粗毛线打了一件毛衣。虽然不应该自夸，但真的很好看，送人真有点可惜了。那个人也很高兴（的样子）。他在之后约会时，穿过好几次这件毛衣。

但我应该永远没有机会再见到这两个男人了，也无从知晓那件毛背心和毛衣的下落。心里有一种隐隐然的失落感，就好像家里的小猫送给别人后，从此杳无音信般。

我并不认为自己特别有女人味。从小时候开始，虽然有人说我像男孩子，却从来没有人说我像女孩子。

然而，我对手工艺的热情常常会突然发作。

比如，秋天一到，看到手工艺店门口排着的毛线，就会突然忍不住买回家。又如，刚好买的 *Non-No* 杂志上刊登着制作泰迪熊的方法，就会情不自禁地想要自己动手做。

所以，书架上有许多手工艺的书，编织的书更多。

虽然有近二十本关于编织的书，完成的作品却寥寥无几。其实，买编织的书并不是真的想要编织什么东西，而是为了满足自己的幻想，“如果织出这样的东西应该很好玩”。

钻进被炉[1]，翻开《阿部君的毛衣书》时，看的并不是毛衣，而是用色眯眯的眼神看着模特儿阿部宽。一边看着制作图，一边自言自语着“这应该很简单”或是“放大时应该蛮吃力的”，满心幸福地喝着红茶。

这或许和男人买汽车杂志或计算机杂志很相似。翻阅着杂志，笑着说“真不错”就是一种快乐。

在大量编织书中，我最喜欢这本《暖暖国的毛衣》。

这本书里的每件毛衣旁，都有一则简短的童话故事，旁边还画着身穿这件毛衣的猫、狗和老爷爷。说起来，它就是一本附毛衣制作图的绘本，当我在书店看到这本书时，根本没打算织毛衣，但还是忍不住偷偷地把它买了下来。

这个“偷偷”的字眼很重要。因为，连我自己都觉得，这个举动实在太少女了。

但是，可爱的东西就是可爱。如果有孩子的话，一定会织给他穿。然而，我很清楚，这只是以小孩子为幌子的一种自我满足。

虽然有点唐突，但我要告诉大家一件事。

---

[1] 被炉：被炉具是冬天里使用的、日本独特的生活用品，用来温暖下半身。通常将炭火或电器等热源固定在桌下，为了不让热量散失，木架上会盖上一条被褥，一家人坐在被炉四周欢乐。

我是女人，但我收到过别人亲手织的围巾。而且，还是男人送我的。

当时的不知所措，当时那种心痒痒的感觉，永远无法忘怀。然而，现在根本想不起来那条围巾到底去了哪里。不记得它曾经被丢掉，还是被塞进了娘家的壁橱，要不然就是在搬家时弄丢了。

“这个，送你。”

在白色情人节时，曾经是我男朋友的那个男人，送了我一个礼物小包。我嘴里叫着“哇——”打开一看，竟然是手工编织的围巾。

我说不出话来。不知道该作何反应。

所谓手工编织，就是亲手编织的（理所当然）。他不可能叫他妹妹或母亲帮他做这种事，所以，是在我面前喝咖啡的他亲手编织的。虽然我知道他是想让我高兴，但也太费工夫了。

“……我好惊讶。”

姑且说出了我认为最适当的话。

“编织东西真不容易。”他开朗地笑着对我说。我不知道如何才好，记得当时好像重复了好几次“我好惊讶”和“谢谢”。

就像所有初学者一样，那条围巾织得硬邦邦的，每针都织得很紧。

这让我有生以来第一次对一般男人认为“收到亲手编织的礼物很伤脑筋”的看法感同身受。

原来如此，真的很伤脑筋。虽然很高兴，但很伤脑筋。

送我围巾的，就是我送他那件“织得很好看，送人有点可惜”

的毛衣的人。

创作是人类的一大喜悦。

创造出某些东西是一件快乐的事。尤其当不为工作、不靠此赚一分钱时，这份喜悦更大。

年轻时，我创作过许多东西。

用无纺布做过吉祥动物，做过抱枕；迷过编织，也迷过刺绣；用橡皮擦刻过印章，画过漫画，也画过水彩画放在相框里；做过苹果派，也做过橘子酱；写过无聊的歌词，请朋友谱曲后，还弹着吉他唱过。

虽然没有人因此称赞我，但我还是废寝忘食地热衷于完成目标。而且不可思议的是，只有在制作的过程中，会有一种恍惚的快乐，一旦完成，便不怎么快乐了。于是，我就会把这些作品送给朋友。当我说“这是我做的”时，大部分人都会说“哇，好厉害”之类的社交辞令收下礼物。即使他们背着我丢掉，也无所谓。

如今，“写作”成了我的职业。而且我总觉得“写作”其实也是这种行为的延续。

小时候，经常写东西。写过日记，也给朋友写过信，也写过别人的坏话。

但正因为写这些东西无法赚一毛钱，正因为有这样的前提，我才能够不以为意地占用睡觉时间。

兴趣成为自己的工作是一件美好的事。没有任何工作是轻松的，既然如此，当然希望能够为自己喜欢的事辛苦。

然而，曾经和手工艺、画画属于相同性质的“写作”，在成为我赚钱的工具后，就失去了无法赚一毛钱的“快乐的兴趣时光”。

总而言之，我没有时间。

不，正确地说，我有充足的时间。但偶尔打开手工艺的书，想要做一些无聊的东西时，脑海里却听到一个命令，“你有这种闲工夫，不如去写一行文章”。于是，我只好用力合上书，坐在文字处理机面前猛抓头。结果，自己就去看别人写的书，心想，这总比编织好多了吧。所以，工作越不顺利，阅读量就越增加。

如今，对这种日常生活感到些许空虚。

一般人认为，在自己家里工作，可以节省上下班的通勤时间，时间比一般人更充足。然而，如今我却对曾经让我迫不及待到舍不得睡觉的创作感受不到任何喜悦。

现在也是如此，每当我在写什么“制作方法”时，就有一种想要立刻动手做的冲动。以前从来不曾有过这种事是浪费时间或是赚不了钱的念头，但现在却情不自禁地会思考制作要花多少时间和制作后的问题。

好想抛开这些想法，凭着本能制作赚不了一分钱的东西。然后把自我满足做出来的东西送给别人，即使别人认为是累赘也无妨。

至今仍然记得，以前那个男朋友送我亲手编织的围巾时，发自内心的快乐表情。那一定不是为我而笑，而是“创作的喜悦”的笑容。

请给我回信

-

《锦绣》

宫本辉（新潮文库）

-

收到信很高兴。

邮差通常在上午十一点左右出现。我躲在二楼房间的窗帘后（仔细想一想，发现其实根本没必要躲），确认邮差把信投进了信箱后，急忙冲下楼梯。有时候，也会完全没有邮件，听到邮差摩托车"噗、噗、噗"地驶过家门的声音，这一天，情绪就很低落。

收到传真也很高兴。

外出回家，看到松下牌的家用传真机吐出长达两米左右的传真纸时，我就会雀跃。但如果是杂志稿件的一校稿，上面还盖着"急件"的印章时，我的心情就会很复杂，不知道该高兴还是该悲伤。

之所以喜欢写信给别人或是发传真，就是因为喜欢收到回信。

我讨厌不回信的人。这个世上有些人收到信和传真也完全不回信，这或许是对方个性的问题，但面对这种人，我会关上我的心灵之窗。

回过头来想想，信和传真都是我自己寄给对方的，却因为对方没有回信而生气，看来，我也有问题。

然而，还是希望收到回信。受到忽视令我感到悲哀。

从十几岁到二十几岁相当长的一段时期，我都和朋友通信，只因为我希望收到回信。

现在已经不写了。虽然偶有例外，但那是年轻人做的事。我现在仍然和几位朋友定期通信，但已经不会再写年轻时的那种长信了，不仅时间上不允许，也缺乏这样的对象。

然而，有时候，会有突然想写长信给某个人的冲动。充满亲切，充满真挚的感情，像忏悔般地写信给某个人，写给住在遥远国度的虚构朋友。

《锦绣》这本书很有名，许多人应该都知道，那是一本用往返书信作为写作体裁的小说。

一对离婚夫妻在藏王山的缆车上不期而遇，之后，两人开始互写长信。

我很久以前看过这本书，当时，没有特别的感受，最近重看一遍后，深受感动。我独自点着头感慨，以前还是小孩子，所以还看不懂。

我对小说本身产生了感动。然而，正因为是小说才行得通，如果在现实生活中收到这么长、这么沉重的信，或许会感到厌烦。

信不能太长，内容也不能太沉重。既然这样，还不如打电话传达讯息。

情书也一样。情书的真谛在于必须给对方留退路。绝对不能写信给单恋对象说“我好喜欢你，请你写信给我”。如果“妹有情，郎无意”，对方就会把这封信塞进抽屉，当作“没发生过这件事”。

还有，也不能写信告诉以前的情人，自己曾经多么幸福、多么受伤。这种信只会让对方厌烦。还不如打一通电话，或是写在明信片上告诉他“走着瞧，猪头”的方法更有效。

但我最近才发现这件事。我在血气方刚时，也写过又长又沉重的信。一定让看信的人受不了，更重要的是，只要一想到这些信至今仍然可能被保存在某个地方，就恨不能找个地洞钻进去。

我有两次写长信的经历。

第一次是从高中到大学时期，每个月都和初中时代的朋友互写一封十张信纸左右的长信。现在回想起来，那真的叫丢人现眼。由于我们读不同的学校，几乎没有机会见面，所以，我用真实姓名写下了日常的生活，根本没有顾及对方的感受，只是记录了每天发生的事并吐露自己的心声。

想到对方如果至今仍然保存着这些信，自己就不禁被吓出一身冷汗。不过，反正我也把她所有的信都留了下来，彼此彼此啦。

第二次是踏上工作岗位后，和我从小一起长大的女孩子，跟着丈夫调动到美国两年期间，我们开始互写长信。

她当时是家庭主妇，对国外无法适应的生活充满不安，我刚好对工作和恋爱产生了质疑，所以，双方每次写的信都是一大沓。

这两位“笔友”都很有文学才华。初中同学的那个女孩文章写得比我棒多了。而且，她们的信就像是定期寄来的小册子一样，每次都让我充满期待。

所以，我竭尽所能，努力让自己的信更有趣。虽然到底是不是有趣无法下定论，但或许因此让我得到了“写东西给别人看”的启蒙，人生真的是充满未知数。

当别人对自己写的东西有所反应时，就会备感欣喜。

以前，我写过三年青春小说（就是少女小说，但我讨厌少女小说这字眼），当时，收到许多读者小朋友的来信。

我并不是特别受欢迎的作家，但最多的时候，编辑部一个月会转给我上百封的读者来信。所以，畅销书作家一定会收到上千封信吧。

爱信如痴的我高兴得不得了，看了所有的信，把她们的来信影印下来后，又给她们写回信。虽然我不需要这么做，但平均每个月不过才五十封左右，对我而言，这并不是太大的负担。

小孩子的来信中，只在开头提到几句读后感而已，其余大部分都在写自己的生活。可不可以和我通信；或是寄上自己心仪男人的照片，并要求“请你一定要寄还给我”。虽然有些内容让我觉得“嗯？在搞什么？”但即使这种信，也可以让我发出会心的一笑。

她们把难以向朋友和父母启齿的不满、抱怨和未来的梦想写在信上告诉我。说起来，其实是一种心声的吐露。她们把无法告诉别人的事化为文字，借由这种方式自我确认。

不仅是小孩子，大人寄来的信虽然文体比较谦和，但内容大同小异。

无论大人还是小孩子，每个人都必须戴着面具生活。这是在人口密度高的国家愉快生活的智慧。

然而，如果在生活中无法对讨厌的东西说讨厌，对喜欢的东西说喜欢，久而久之，人们就会无法分辨真假。因此，必须在某个地方偷偷地深刻认识一下，“我心里的真实想法并不是这样”。这或许是保护无法说出口的“真正自己”的自卫手段。

即使是寄给朋友嫌太沉重的信，也可以给陌生人。

其实，写日记也可以确认自己的心情。虽然如此，但人往往想要对别人倾诉自己的心情。

人总有无法说出口的事。而且，人无法真正拥有秘密。

所以，我很相信人性中“正直”之类的东西。基本上，人并不擅长说谎，也不擅长把内心的真实想法封闭在心里。

有些人虽然在公司里八面玲珑，但去喝酒时，就会骂讨厌的上司；随时笑脸迎人的人，在情人面前很可能会耍个性；因为某种原因无法和另一半离婚的人，事后一定会在某个地方数落自己曾经有多痛苦；当发展了一段地下情时，往往会告诉看起来口风最紧的那个人。

人想要向别人传达某些东西。

人想要向别人传达真实的想法。

这或许也是我写小说的原因。我的小说虽然不是私小说，却以某种方式吐露着自己的心声。同时，也希望获得别人的某些反应。

我写稿时，无法行云流水般地顺畅。每次都是写完又改，改完又写，这样的过程非但不快乐，还很痛苦。

然而，每当完成一天的指标，泡完澡，喝着啤酒，在微醺的气氛下，我往往会给朋友写信，或是传一些毫无意义的传真稿。只是盼望能够收到回信。

第二支烟

-

《人类行为观察》（上、下）

德斯蒙德·莫里斯（小学馆 Library）

-

不知道在哪里看到过这样一句话："戒烟、减肥和学习英语会话非常相似。"

想要达到这些目标，有各式各样不同的方法，市面上也有许多传授这些方法的书，想要付诸行动的当事人其实早就知道该怎么做，但通往成功之路充满荆棘，大部分人都会半途而废。

如今，我的桌上放着新开封的香烟、加了满满砂糖和奶精的咖啡，以及几乎不曾用过的英语会话入门教材。

原来如此，我为自己点了一支烟。

虽然人类有许多嗜好，但不知道是谁先想出来在干燥的烟草上点火后来吸的。

我的烟龄源于快二十岁时的要酷，一直持续至今。其间，曾经有五年的戒烟期间。就是结婚的那段日子。前夫不抽烟，也极其讨厌我抽烟。我就是一个会为这么点儿小事戒烟的没骨气（？）的抽烟者。

现在虽然不再有人叫我戒烟，但自己却隐隐然地觉得“最好还是戒了吧”。

要戒烟的理由和健康或经济上的问题无关。归根结底，我不适合抽烟。

我知道这是一种偏见，但还是固执己见地认为女人不太适合抽烟。除非是像女明星般娇艳动人的美女，或是很有个性、有独特韵味的人还情有可原。市井小民的平凡女人还是不适合抽烟。对于那些从来不曾考虑过适合或不适合标准的人，只能老老实实地向他们说声抱歉，但我是个胆小鬼，总是很在意别人的眼光。

因为无论怎么看，我的外貌都和“适合抽烟”绝对画不上等号。圆圆的脸，再加上无论怎么奉承也挤不进苗条行列的微胖身材，脸又整天肿肿的。简直就像只狸猫在抽 Some Time 淡味香烟。

然而，在饭后或是疲惫的时候，坐在公园的草地上，或是图书馆的长椅上，或是在喝酒时，烟抽起来特别有味道。这种时候，我就会像老头子一样驼着背、眯着眼睛，拼命地吸。由于味道实在太好了，会情不自禁地点上第二支烟，然而，味道已经大不如第一支，这和第二杯的咖啡，或是第二杯啤酒的感觉一样。

但不知道为什么，就是会点第二支、第三支烟。虽然明知道自己不适合，并以此为耻。为什么继续点烟？

我在《人类行为观察》这本书上找到了答案。据说，这被称为“移情行为”。

“抽烟并不是单纯地把烟吸进去而已。找烟和打火机，把烟从烟盒里拿出来，点烟，熄灭打火机，把打火机和烟盒收好，再把烟灰缸移到适当的位置，拍拍衣服，掸走根本不存在的烟灰，然后，似乎陷入沉思地吐烟。抽烟是由这一系列的动作组成的。这一系列看似毫无意义的动作，其实就是抽烟这件事在不断身处紧张和压力社会中所具有的价值。（中略）许多人都有各自的移情习惯，这些习惯就变成了每个人的惯有动作。当人的内心产生纠葛时，都会表现出这种‘移情行为’。如同运动选手在重要比赛前拼命嚼口香糖，女演员会把玩头发，少年会咬指甲一样（中略），我们在日常生活中，迟早都会在蠢蠢欲动的欲求前败下阵来。（中略）而移情行为可以避免我们在自相矛盾的行为中陷入困境。”

原来是这样，再度喃喃自语。

原来我抽烟，是无法忍受自己的无所事事。被他这么一说，好像真的是这么回事。在和别人一起喝酒时，抽烟的数量会比平时多。光是喝酒、聊天，手上似乎有种“闲来无事”的感觉，所以才会做出“抽烟”这一系列的动作。

本书是一本创造了“行为观察”这个流行词语（书的腰封上这

么写着）的人类观察学的书。一个对心理学很有研究的人如此推荐道。

比如，书中提到了以下这些事。

新几内亚的原住民和德国银行家的抱腕方式相同。大拇指和食指围成一个圆圈时，在日本代表钱，在法国代表毫无价值，在马耳他群岛则代表人妖。人在说谎时，摸脸的次数会增加。为什么女人要化妆？女人为什么坐着的时候，不会张开双腿？人为什么会热衷运动？

我并不认为书中提到的每件事都“完全正确”。但每件事都让我深有感触。

一位著名的舞台艺术家为本书写了解说，他劝年轻的演员“把这本书随时带在身边，反复熟读”。他认为，动作是一种信号，可以传达许多情报，有时候，动作可以比语言更能传达真实的内容。而这本书以实际的角度剖析并明确阐述了人类的每个动作。

对，没错。有些话无法说出口。

所以，人在生气时会乱踢东西；会和心爱的人耳鬓厮磨、相拥而吻；在情绪低落时，反而比平时更 High。

在咖啡店，我喜欢坐靠窗的位置（以前，还以为每个人都喜欢坐靠窗的位置，当听到有人说喜欢坐靠墙的位置时，还曾经十分讶异）。尤其一个人时，会尽可能霸占靠窗的位置。

然后，我会喝两杯咖啡，抽几支烟，观察过往的行人。

观察他人很有趣。

只要观察十分钟左右，就可以大致把握这个街道的感觉。我老家横滨和东京都之间的距离虽然不远，但感觉迥然不同。同样是在东京都内，涩谷和新宿的风格也完全不一样。当然，走在品川、新桥或是池袋街道上的人也各不相同。站在涩谷街道，会觉得世界都被年轻人占领了；去银座时，又会觉得世界上竟然有这么多上班族。横滨则是家庭主妇和高中生的天下。

我喜欢衣服，所以，会看别人身上穿的衣服感受今年的流行风格。

看到身穿格子迷你裙，搭配黑色长袜，就像是从 *Non-No* 杂志里走出来的女孩子，会觉得“哇——好可爱”。但如果看到后面跟着一个近三十岁的女人也一身类似的打扮时，一定会被吓到。如果我穿的话，一定也是那副德行。虽然我不喜欢说什么因为多少岁了，所以不适合穿哪一种衣服这类老古板的话，但仍然会随时告诫自己，不同年龄层的人都有适合自己的打扮。

服装可以代表一个人。

年纪轻轻，穿着虽不流行，但衣服看起来很昂贵的女孩子，通常都是大家闺秀；虽然有一点年纪，穿着牛仔裤配运动夹克，而且是 L.L.Bean 牌的老太太，通常和女儿的感情很好。系着宽幅领带的老伯伯即使穿着做工考究的西装，看起来也很道貌岸然；还不懂穿着打扮的初中男生穿着太短的牛仔裤，一定还穿着他妈妈买给他的 GUNZE 牌内裤。这些被称为“衣着信号”。

衣服具有保护、遮羞、打点门面这三大功能。

所谓保护，当然是指保护身体，避免受到酷热、寒冷、干燥和湿气等所有外在因素的侵害。

在电影和漫画中描述原始人时，一定会把重点部位用一片树叶或是一片布遮起，这就是“遮羞”。在尼斯的海滩上，或许可以看到“上空”的女人随地躺着，但应该看不到连下半身也脱得精光的女人。如果衣物只是为了保护身体，那么，在有中央空调的房间内，应该可以赤身裸体吃饭、喝酒或看电视。但之所以没有，就是因为人有这种“羞耻心”。

去高级餐厅时，即使是权贵或有钱人，如果没有系领带，就会被拒之门外。这就是“门面”。流行的迪斯科或酒吧也需要检查服装，去这种地方时，虽然内心觉得很不屑，但还是会穿上让那些穿一身黑的家伙点头的衣服。

人类真是不可思议的动物!

人随时都会在意他人的眼光，在有意无意间扮演着自己的角色。但思想和行为也往往各行其道。

一大票老太太在才艺班结束后，挤进咖啡店；十几岁的不良少年蹲在闹区，在马路上乱吐口水；粉领族耗尽年终奖金，搭好几个小时的飞机去南国海岸睡午觉；扛着一堆货款的上班族明知道第二天宿醉很不舒服，仍然续摊喝到死。

至于我，明知道不应该，但还是在半夜三点啃仙贝；明知道自己不适合抽烟，还是点起了一支烟。

第三章

琐碎的工作

（文字处理机时代）

夏日的结束

我要把讨厌你的地方一一列举出来。

你的任性。你的不近人情。约会时，老是迟到。厕所蹲很久（应该在里面梳头、补搽口红吧）。我们又没有住在一起，但我没回家睡觉，你却会生气。看电影时，你的侧脸，通红的鼻头，小眼睛，雀斑，一头卷曲的长发，丰满的臀部，笑的时候露出的虎牙，白皙的手腕，低垂的睫毛，叫我名字时的你，你略带沙哑的声音，笑的声音。

是我提出分手的，你隔着桌子瞪大了双眼，理由呢？你应该知道分手的理由。听我这么一说，你的眼泪滚落在雀斑上。

我知道在夏季开始时，你被交往多年的男朋友甩了这件事。也知道你需要其他的男人来帮你忘记他。我虽然知道，但还是牵了你的手，是我乘虚而入。所以，即使你在床上叫着他的名字，我或许也没有生气的权利。

但是，我讨厌你。我讨厌看你哭的样子。我讨厌你至今还忘不了那个男人。我讨厌你，所以每天晚上都打恶作剧电话。每天晚上十点，我都会打电话给你。我要问你有没有忘了那个男人，我讨厌你。从很久很久以前开始，直到永远。

再也不和你分开

十五岁夏天开始的十年间，你是我的女朋友。从约在快餐店开始，进而改成咖啡店。不久之后，又从咖啡店升级到了酒吧。我们看过的电影应该已经超过了两位数，做爱的次数更多。

如果说已经进入了倦怠期，或许真的是如此。就像你不曾有过其他男人一样，我也不曾碰过其他女人。一辈子只和一个人上床。这或许是一种浪漫，但我不像你那么浪漫。

都是我不好。我应该做得更小心点，才不会被你发现。然而，在内心的某个角落，我觉得即使穿帮也无妨。

你听到了风声，对我追根究底。哭了一星期后，你决定原谅我。然而，这一次，换作我无法原谅你。

你和我分手后，立刻在街上挽着别的男人的手。我认识那个男人，我记得在学生时代，我们一大票人一起玩过。

我纳闷，事情为什么会变成这样？我爱的是你，但为什么要折磨你？我的心好痛。

半夜的电话铃声，一定是你打来的。我看着电话，我一定会乞求你的原谅，希望你可以接受这么自私的我。我拿着听筒的手在颤抖，你和上帝都不会原谅我吧。

White Winter

男人这种动物的身体里，住着另一个名叫自尊的动物。

无论是交往十年的男朋友体内，还是夏天新结交的男友体内，都住着相同的动物。

这个名叫自尊的怪兽破坏了我的恋爱。然而，我却无法打倒它。

这两个男人都无法向我伸手。他们犹豫不决，不知道该在我和自尊之间如何选择。

即使我心已死，季节照样不停地变换。在今年下第一场雪时，我觉得自己苏醒了。

我代替无法战胜自尊的男人这种动物做出了决定。因为，我是女人。女人不会在身体里养奇奇怪怪的动物。女人可以为自己做出决定。

我选择了新的恋情。为了始于夏日的这段恋情，我舍弃了孕育十年的感情。就像把纸揉成一团丢掉一样。咚。

新的恋情。我还没适应他的掌心，还没适应陌生的腕表，还没适应笨拙的亲吻。

在纷纷飘落的雪中，我紧紧地抱着他。慢慢地，抚摸着他体内的怪兽——自尊宙斯。既然不能消灭它，就驯服它，好好地疼爱它。

洁白的雪，崭新的恋爱。这块白色的画布上，是否能画出去年无法描绘的画？在周围一片白色的世界中，我用力地呼吸着新鲜的空气。

写日记的家伙

-

胆小鬼如我，或许只能把每天遇到的事、

想到的事化为文字，作为发泄的方式。

-

日本人中，到底有百分之几的人在写日记?

除了自己以外，我不认识其他认真写日记的人。

一到年底，就会看到百货公司和文具店摆满了日记簿。从似乎可以留到三百年后的日记簿，到像记事本那么薄型的，应有尽有。大家真的会买这些，然后拿来用吗?

于是，我开始打电话给认识的朋友做调查。

学生时代，喜欢男生时，曾经写得很勤快（三十三岁，女，作家）。

高中时，和女生写交换日记是我对青春的回忆（二十七岁，男，教师）。

写日记的人不是都很闷吗？我只有小时候，写过老师要求的绘画日记（十九岁，女，大学生）。

虽然我尽量挑选了可能会写日记的人，却还是这样的结果。

尽管我自己写日记，却似乎和“写日记的家伙”并不熟。这算不算“同性相斥”？

我差不多从十六岁开始有意识地写日记。所以，我写日记已经有十五年的历史。

在这十五年期间，我当然不可能从来没有偷懒过。有时候会每天认真写，但也有半年不写一个字的时候。没有人强迫我写，所以，我只在想写的时候才写。

唯一的遗憾，就是年轻气盛时写下的日记被二十五岁的我，也是因为年轻气盛而丢掉了。

但我至今仍然保存着高中三年级时写的日记。喜欢的男孩子的事、联考的事、别人的坏话、未来的梦想等，虽然自己不太好意思说，但用充满感伤和傲慢的笔调写得颇顺畅，现在读起来，滑稽得令我捧腹大笑。

十五年期间，我用过附锁的正式日记簿，也曾经写在报告纸或笔记本上。

我也用过曾经盛行一时的活页式日记簿，最后还是觉得不适合自己。原本每年可以换新的日记簿，会让人有焕然一新的感觉，但活页式的只能换内页，一点儿新鲜感都没有。

大约从五年前开始，我不再用日记簿或笔记簿，只在记事本上写三至五行的日记。我觉得，这种方式最适合我。

我手上刚好有三年前的记事本，不妨来回顾一下。

一九九〇年十二月十七日（星期一）

去 MYCAL 本牧[1]看米米俱乐部的现场演唱。好高兴，但很累。不想工作了。

一九九一年十二月十七日（星期二）

感冒一直没好。有马纪念[2]该怎么办？虽然烧没有退，但还是写了十张稿纸。了不起。

一九九二年十二月十七日（星期四）

没有写稿，一整天都在玩 *Final Fantasy V*。自暴自弃了，晚饭吃了猪排饭（没有修改）。

虽然我挑选了没有出现人名、无关痛痒的日记写出来，但连我自己也觉得写这样的日记根本没有意义。然而，昨天、今天和明天，

[1] 利用美军基地建造的复合式购物城。

[2] 在日本中山跑马场举行的跑马比赛，第一届称为中山锦标赛，但为了纪念在一九五七年过世的有马赖宁理事长，自第二届开始，改名为有马纪念。

我仍然会把每天发生的事记录下来。

为什么？因为我想到万一我哪一天意外死亡，笔记本会被别人看到就忍不住一阵不寒而栗。里面写了一大堆真实姓名，也写了许多被人怨恨的内容。而且，内容粗糙得让人怀疑怎么可能是作家的日记。

俗话说，“沉默是金”。俗话还说，“谎言也是权宜之计”。

我并不讨厌这两句话。我不想伤害别人，更不想伤害自己。然而，一旦浮现在脑海的想法，不设法消化，即使以为自己忘了，往往也会越积越多。

然而，偷偷告诉别人的悄悄话，偏偏会传到你最不想让他知道的人的耳朵里。所以，胆小鬼如我，或许只能把每天遇到的事、想到的事化为文字，作为发泄的方式。

为了给活得暧昧的自己画一个轮廓，为了提醒自己世界上没有不透风的墙，为了迎接新年的到来，我又买了新的记事本。

日常的我 1

-

日常生活是一种喜悦。

无论是怎样的日常生活，都是喜悦。

-

早晨八点起床。在作家中，或许我算是早起的鸟儿。虽然也可以躺着赖床，但我很喜欢“上午”的感觉。虽然也喜欢偶尔“半夜三点还没睡的自己”，但在日常生活中，还是喜欢“悠闲地吃早餐的自己”。这或许证明我已经老了。

在吃早餐的时候，全自动洗衣机已经把全家三人份的衣服洗完了，晾完衣服后，我便坐在桌前。上午就开始工作的我，了不起。太了不起了！

午餐，我和母亲一起吃。母亲不喜欢煮饭和洗碗，所以，由我负责煮饭和洗碗。但母亲是家庭主妇，会为父亲煮晚餐。因为，这是母亲的工作。基本上，我不吃晚餐（一开始，是为了减肥不吃晚餐，但习惯后，发现不吃晚餐时，身体状况更理想），所以，吃完午餐后，在上床之前，无论工作或出去玩，都是我的自由。

工作不赶时，下午就会去健身房。身体不稍微动一动，会感觉浑身不舒服。在家里写稿，虽然精神会疲劳，身体却一点儿都不会疲劳。这让我觉得很不舒服。

健身房负责指导我的教练是个身材像铃木大地[1]的年轻男子。我刚去健身房时，他帮我测量了体脂肪，说“你属于轻度肥胖”时，我还在桑拿房里偷偷抹眼泪呢。但一年后，脂肪稍微减少了。想要瘦的女人，不妨试试让年轻的男人说你是“肥婆”。

我很喜欢和他聊天。但最近得知他的生肖和我相同时，很受打击。我在读小学六年级时，他还是个婴儿。

傍晚，去英语会话教室。去国外旅行时，才发现英语能力差到连自己也大吃一惊，于是，自己几乎是在冲动之下，报名上英语课。同班的粉领族来上课的理由也和我相同。这种小市民式的想法，不仅没有让我感到悲哀，反而让我觉得很高兴。当我像幼儿园的小孩子一样，用英文说“我出生在横滨，兴趣是阅读”时，Ben 老师（他是华裔，说着一口地道的英语，但外表看起来和一般的日本老头儿没什么两样。所以，我们都在背地里叫他和田 Ben）就会称赞我“Good”“Perfect”。

回家作业有不懂的地方，我就会问班上一个看起来很不错的小

[1] 日本游泳选手，曾在一九八八年的汉城奥运会上，夺得男子一百米仰泳金牌。

帅哥。聊天后，发现他足足比我小了十三岁。十三岁耶！未免也差太多了吧。虽然没有自贬身价的意思，但仍然感到一阵腿软。

对了，我常去的那家美容院的男生也和我生肖相同。比我小一轮的人已经出社会了。啊，时间如流水啊！

回家后，我又坐在文字处理机前写稿。由于不做晚餐，也不吃晚餐，所以，时间很充裕。但如果一直不睡就会肚子饿，所以我通常在十二点左右上床。然后，在床上看书，等到困的时候，倒头就睡。

这种看似朴实、祥和、清静的日常生活，仿佛源自遥远的上古时代，将会持续到人类到达火星的那一天，但其实完全不是这么回事。

一年前，我还在一段婚姻中，早晨更早起床，或是一直睡到中午，晚餐也时煮时不煮，既没有去健身房，也没有去英语会话教室。

更早的几年前，我每天早晨五点半起床，去位于日本桥的公司上班，下班后回到家里，又开始副业的写作，当感受到体力透支时，就会睡得像死过去一样。

不管喜不喜欢，人都无法留住“这一刻”。

我不知道明年的现在，我会在哪里，在做什么。

或许在我说完“我喜欢上午”这句话，连舌根还未干时，我又去找了一份半夜的工作，开始日夜颠倒的生活；或是我父亲心绞痛的老毛病发作住院了，我必须每天去医院做看护。

写这份稿时，我三十一岁，等到三十二岁、三十三岁，不久变成四十、五十时，我的想法可能会完全改变，过着完全不同的日常生活。那时候，不仅会在社会上遇到和我年龄差一轮的人，甚至会发现和我差两轮的人都出社会了，到时候，我必定错愕万分。

我是个凡事都顺其自然的人。

虽然也会后悔，“那时候，如果这么做就好了”；有时候会半夜突然惊醒，感到一阵惶恐，好像自己犯下了什么大错。于是，开始坐立不安，只好紧紧地抱着睡得迷迷糊糊的猫，连猫也觉得我很烦。

然而，当早晨起床时，又觉得“算了，没关系”。我为什么会起来？因为醒了，自然就起床了。为什么要吃东西？因为肚子饿了（我没有吃晚餐），所以才吃东西。家里养猫，所以也会喂猫吃饭。因为母亲说她肚子饿了，所以我会煮午餐。为什么要工作？因为那里有工作要我做。那么，为什么会喜欢男人？可能是因为男人就在我身边吧。嗯。

日常生活是一种喜悦。无论是怎样的日常生活，都是喜悦。

任何变化都不是突然发生的，而是在不知不觉中，自己一步一步做出的选择。

因此，《你有家要回》是我离婚后的第一部作品，希望大家有机会看一看。

最后的晚餐

-

我好喜欢吃。

在死之前，我还想再吃一次。

-

我有一个幸福的舌头，无论吃什么东西，都不会觉得“难吃”，但相反地，也没有什么特别钟情的食物。

然而，我常常会迷某种食物。一旦迷上了，就会连续一个月，早、中、晚餐三餐都吃相同的食物。

以前，我迷过韩国泡菜、鸡蛋料理、关东煮、长崎什锦炒面等等。

现在，我热衷于炸鱼饼，尤其喜欢加了毛豆和莲藕的炸鱼饼。烤一下，蘸萝卜泥和酱油吃，再配上苦味很重的麒麟牌新啤酒。在目前的阶段，这可以作为我最后的晚餐。

啊，对了，还有我为了减肥而拼命克制自己不吃的肯德基炸鸡。

我不能原谅肯德基竟然不再卖比司吉了。我好喜欢吃。在死之前，我还想再吃一次。

我的愿望

-

我不行。我做不到。

无论如何，无论如何都无法克服。

-

比如，假设天使从天而降，对我说：你自从开始写作工作后，从来没有拖过稿（只限杂志的邀稿。写小说就常常大幅拖延了），为了奖励你，可以让你许三个愿。

我会许两个大愿望，然后，我一定会如此许下我的第三个愿望。

我希望可以不要再晕车。

无论做什么都可以，但不能给别人添麻烦，父母从小就这么教育我。父母的教育绝不容忽视。小时候，被敲头、打屁股地严格教导的话，都会深深地烙在内心深处。

所以，我经常提醒自己，绝不能给别人添麻烦。因为，当我给别人添麻烦的瞬间，套在我头上名为罪恶感的金箍就会不断紧缩，令我痛苦万分。

然而最近，我呆然地陷入死心断念的境地。因为我发现，只要还存在“立刻想吐”的体质，活在世上根本不可能不给别人添麻烦。

当出租车司机在马路上横冲直撞时（当然也有人开得很平稳），为什么大家都不抗议？为什么大家可以在汽车和电车里悠闲地看书？为什么大家可以在船上轻松地打麻将？

我不行，我做不到。无论如何，无论如何都无法克服。

作家这个职业，很多时候都不得不搭出租车。比如，在东京都内的某个地方讨论工作后，决定要换个地方吃饭。当然，我准备走向地铁车站，编辑们却一招手，拦下了出租车。于是，我的脸色惨白。我向上天祈祷，希望可以在十五分钟以内到达目的地。只要不超过十五分钟，我还可以设法忍受。

大家都是基于好心让我搭出租车，然而，对我而言，这简直是酷刑。我猛吞口水、视野模糊、咬紧牙关。由于父母从小教导我不能给别人添麻烦，所以，我抱着誓死的决心，挤出亲切的笑容。

除了出租车以外，我坐自用小客车也会晕车。有时候，搭电车也会晕车。新干线也会晕车。搭飞机时，当然也会晕。我的“晕车”问题，不知道给多少人添了麻烦。

而且，晕车药对我完全无效。我并不属于排斥药效的体质，平时很少吃药，所以，头痛药和便秘药的效果好得让人想要偷笑。

到底为什么？

难道我的三半规管有什么重大缺陷？

总之，“晕车”很糗。

即使在时髦、气氛佳的酒吧喝了酒，想要去第二家店接着喝时，一坐上出租车，我就会立刻吐得一塌糊涂，每个男人都会被吓跑。

大人不应该有晕车这种毛病。只有晕车的小学生去户外教学时，才坐在最前面的座位，在到达目的地之前，拿着老师给的蓝色塑料袋，吐得稀里哗啦。我都已经是老大不小的大人了，手提包里还随时藏着塑料袋，真是蠢得可以。

到底该怎么办？

去翻了家庭医学书，但书上只写着晕车在很大程度上是受到心理因素的影响，心情要放轻松，可以在坐车前有充足的睡眠，或是摄取消化良好的食物，或是吃晕车药就好。

我当然也知道。如果这样就可以解决的话，就不需要这么烦恼了。

但我也有不晕车的时候。比如，在晕车前就已经酩酊大醉了，或者是心情特别 High 的时候。

然而，即使这种时候，还是无法保证绝对不会晕车。有一次，我已经喝高了，心情也很 High，身旁坐着我颇中意的男人，结果，我还是像往常一样，吐得晕头转向，形象全毁。

我希望自己可以变成能轻松地搭出租车的成熟女人。

因为，要我说“啊，对不起。我一个人去坐地铁”这种话，真的真的很糗。

有没有人可以教我改变晕车体质的方法?

孤芳自赏——*Black Tea*

-

人类并不纯真，并不聪明，

也不善良。但也无法当坏蛋。

-

“老实人”到底指哪一种人？

高中时代的同学大贯君是个老实人。

书包被他用热水烫过后，立刻变得扁扁的；他用可乐和啤酒淋在头发上脱色；衣服修改成 *Be-bop High School* [1] 的样式，脚上蹬的是漆皮的尖头鞋。

然而，他是个老实人。一年级时，他在学校厕所吸烟后，就在自己家里关禁闭；二年级时，他带着严重的宿醉来上学，在教室大吐特吐之后，就休学了。但他还是在修学旅行和文化祭的照片上，

[1] 是一九八三—二〇〇三年在《Young 漫画周刊》上连载的畅销漫画，描写一群活在恋爱和打架中的高中生。曾被多次改编成电影和连续剧。

“耶——”地摆出V字，开心地笑着。我一直暗地里觉得他是个老实人。

相较之下，坐在我旁边的由佳就是个“不良少女”。由佳一头黑发，穿着没有动过任何手脚的制服，连袜子也是纯白色的。

然而，她常逃课。她一穿上便服，就完全看不出是个高中生。所以，她常逃学，一个人在街上溜达。

她和在LIVE HOUSE里结识的朋友一起组乐团，是当时很盛行的电子乐团（techno band）。其他成员都超过二十岁，由佳自然而然地学会了喝酒和抽烟，还和成员之一谈恋爱，于是，也学会了避孕方法。

她已经是大人了。但在学校时，完全看不出任何蛛丝马迹。当Be-bop大贯君大声地叫着“老师说的话根本听不下去”这种可爱的台词时，由佳在教室的角落翻着她的音乐杂志。

我和她并没有特别要好，但我们在音乐方面的兴趣很像，所以有时候会聊一聊。有一天，她邀我去她家听唱片。那一天，她向我坦承了许多坏勾当。我一边惊讶地叫着“啊！”，一边听着她的告白。她违反校规去打工；隐瞒年龄办了丸井[1]联名卡；无照驾驶男朋友的车。

虽然听起来有点儿像是在自夸，但由佳娓娓道来时，她的侧脸看起来好落寞。然后，她突然吐露了一句：其实，我喜欢像大贯君

[1] 丸井为日本百货公司名，专卖年轻人的商品。

那样的人。

Be-bop 大贯君的身边经常围着一大群朋友。然而，由佳永远都是孤身一人。

罪恶有时候会让人充满魅力，但罪恶也会把人逼入孤独的深渊。

人类并不纯真，并不聪明，也不善良。但也无法当坏蛋。

Black Tea，说的就是这些人的故事。

这不是我的人生

-

事先没有任何预兆，

也完全没有预料到自己会成为作家。

-

我斗胆不怕误会地说出来，其实，我并不是因为热切地想要当作家而成为作家的。

二十四岁时，我还是个毫无特征可言的平凡粉领族。上班的地方是财团法人，没有营利企业那么势利。说得好听点，是很悠闲；说得不好听，就是一家松散的公司。我在那里接电话，影印数据。那家公司不仅采取周休二日制，还可以请年假。公司一下班，就和朋友一起去吃饭、逛街，假日则去滑雪、开车兜风。在这种环境下，日子也过得很快乐。

然而，我没有热衷的兴趣，也没有热恋的情人，只是脑袋空空地虚度光阴。一直以为，我会找个合适的人结婚生子，让年华老去。

我并不讨厌这样的人生，老实说，还很希望有这样的人生。

不怕大家知道，会在这种生活中突然开始写小说，就是因为“太闲了”。

以前就喜欢写文章。学生时代写了为数庞大的日记。小时候，还曾经梦想当漫画家，所以，也喜欢天马行空地乱想。

我认为，当一个人放弃“小时候的梦想”时，就代表他长大了。二十岁后，不再去想自己会从事什么特殊的职业了。“梦想”这个词从我的字典里消失了，什么梦想，只不过是“预测”而已。

但玩玩又何妨，身体里的另一个我低语道。下班后和周末无所事事时，我都用约会和学才艺填满自己的行程。只要能够填补名为“空闲”的巨大空虚，做任何事都无妨。

于是，我就开始写小说。但在尝试写作后，发现它比约会、比打网球更能让我投入其中。

我看《公募指南》的杂志，把完成的作品寄去应征“Cobalt Nobel大奖”，结果得了佳作奖。现在回想起来，我的人生从那时候开始有了一百八十度的转变。人生锣鼓喧天地转进完全出乎意料的方向。

根本没想到自己会以写小说为职。事先没有任何预兆，也完全没有预料到自己会成为作家。但我出道已经七年了，应该还可以持续个几年。

如今，虽然已经没写少女小说了。但正因为在“Cobalt Nobel”磨炼了三年的时间，才能够在这个世界苟延残喘。我想借此机会，向当时的责任编辑K先生致谢，我由衷地感谢他。

创作冲绳民谣的青春

-

那时候，我真想唱一首她创作的冲绳民谣，

但想到最后出糗的是我，就饶了她。

-

每个人都有过所谓“青春的迷失”，对我而言，我的社团活动就是“青春的迷失”。虽然尽可能绝口不提这件往事，但当别人开门见山地问我时，无奈之下，自己只好从实招来。那个社团看起来像是轻音乐的社团，但一进去后，竟然就组了乐团。

“噢——”大部分人听了以后，都会很佩服。然后问我，玩的是什么音乐。

嗯，那个，就是独创的音乐。我写词，另一个朋友谱曲，三个女生一起唱。听到这里，每个人都“噢噢”地发出感叹的声音，但我很心虚，立刻悄悄地改变话题。

我所言不假，却没有说到重点。

其实，我参加的那个社团叫“民谣社团”。再介绍一次，是民谣。我们这些民谣社团的同好，用分解和弦弹着四弦吉他，唱着《残雪》或是《和你共度的青春》。

当时，就觉得有点糗。一大票还没谈过正式恋爱的高中小毛头，唱什么同居哀愁的歌，简直太滑稽了。于是，和好朋友由美就开始发愤自己写歌。

志气很伟大。但完成的歌曲却是《苏联感冒之歌》或是《咚咚商店街领唱》之类的。亏我写得出这种歌词，但为“富山的药也没辙，苏、苏、苏联的流行感冒”的歌词谱曲的由美也够呛。

我们的乐团名字叫作“哎得啦嗨嗨”。在蜜桃派、C-girls之类的乐团名字中，只有我们叫什么“哎得啦嗨嗨”。这个名字是由当时正在迷冲绳民谣的由美取的。为创作许多冲绳民谣作词、作曲的由美和我，以及另一个女孩子，三个人一起唱着“哎得啦嗨嗨，嗨索克喳嘿喳，呵呵、呵呵、呵呵”这种怪歌，搭配奇怪的舞蹈动作，还唱得不亦乐乎哩。

当时，还不觉得丢脸，但长大以后，当以前的同学一本正经地问“你们那时候到底想干吗？”时，我觉得超丢脸的。如果当时乖乖地唱流行民谣，或许还不会那么糗吧。

长大以后，由美在自己的婚礼上，竟然还面不改色地让介绍人如此介绍她的经历：“在高中时代，组过摇滚乐团，表现十分活跃。”那时候，我真想唱一首她创作的冲绳民谣，但想到最后出糗的是我，就饶了她。

我的青春时代

-

看他的作品已经十五年了，

问我有没有磨炼出知性和美貌，答案是否定的。

-

片冈义男的作品我应该都看过。由于他著作很多，或许漏了两三本，但只要是一般书店有卖的，我都看过。

我是在十八岁时遇到片冈的作品的。

在大学时，我参加了相声研究会，经常趁无人之际，溜进社团活动室睡午觉。因为相声研究会的活动室铺了榻榻米，天气一冷，就会放被炉，只要学长不在，那里简直就是天堂。

那天，我又逃课，独自在被炉里翻来覆去。榻榻米上丢了许多色情杂志和漫画。我从其中找到一本文库书，闲来无事，随手拿来翻了翻。才看了几页，就欲罢不能，我一口气就看完了。然后，突然回过神来，环顾四周。

活动室有一半在地下室，湿气很重，墙上到处都是学长们画的裸女涂鸦，我则躲在几乎是跳蚤窝的被炉中。而且，因为太冷了，我还把不知道是谁脱在那里的工作服盖在头上。

不能这样下去。我甩开工作服站了起来。我只有十八岁，既然生为女人，就要打扮得更漂亮，考取摩托车驾照，磨炼知性和美貌，谈一场大人的恋爱。

从此之后，我遍读片冈的作品。一边读，一边扭着身体赞叹："真是帅呆了！"

他的作品的优点无法以一言蔽之，无法用一句"帅"来概括。风的味道、清洁床单的触感，以及现实中绝对不可能存在的完美女人。我每每带着一种犹如抬头仰望透明蓝天的清凉感看他的作品。

看他的作品已经十五年了，问我有没有磨炼出知性和美貌，答案是否定的，我一如既往，整天懒洋洋地东倒西歪。人不可能磨炼出自己根本不具备的东西。

为什么你在那里

-

比起被别人认为我是怪胎，

我更害怕浪费时间。

-

以前，我最讨厌“午休”。

小学时的情况已经记不清了，但从国中到二十五岁以前，实在对午睡不敢恭维。

这并不代表我喜欢读书，或是喜欢工作。而是觉得午休明明是休息的时间，却完全没有休息的感觉。

初中和高中时，经常和班上要好的同学把桌子拉到一起吃便当。吃完便当后，就一直聊天到下午开始上课为止，或是一起去上厕所。这样固然快乐，但日复一日，便有些乏味了。我也想要独自翻一翻还没看完的书，但当有一次在午休时间我翻开文库本时，同学说我“书呆子”。从此之后，我再也没有在午休时间“自由活动”过。

踏入社会后，情况也没有太大的改变。大部分时间，我都和公司的其他女同事在会议室吃便当。虽然偶尔也会去外面吃午餐，但也都是和别人一起去。

不过，毕竟是大人了，偶尔也会骗大家"我和朋友约了见面"，独自出去。但想到万一被公司的同事看到我独自在附近的餐厅吃饭，一定会引起飞短流长，所以，我特地搭一站地铁，一个人吃午餐。当时，我很害怕自己无法融入团体之中，怕别人觉得我是个怪胎。

和众人在一起时，曾经那么小心谨慎地努力扮演着"平凡"的我，不知道从什么时候开始，渐渐不再在意别人的眼光。

三十岁后，一方面，脸皮变得比较厚也是原因之一。另一方面，可能和现在已经没有在公司上班，而成为一个SOHO族也有关系。

然而，最大的理由，就是已经决定了前进的方向，我只是跑向既定的方向。

比如，如果我非搭上不可的电车快开了，或者是和心爱的人的约会时间快来不及了。

一般人通常会跑。当想到错过这班车就来不及了，大部分人都会拼着命跑。当奋力奔跑时，根本不会在意周遭的眼光。即使裙子翻起了一个角，他也会觉得"唉，这也是没办法的事"。

比起被别人认为自己是怪胎，我更害怕浪费时间。

学生时代，或是刚踏入社会时，完全不了解"为什么我在这里”。

为什么不能穿有颜色的袜子去学校？为什么一翻开文库本就要被人当作“书呆子”？为什么大学联考的试题那么刁钻？为什么踏入社会的第一份工作，就是要记住男同事的茶杯图案？

迈入三十岁后，我渐渐发现一件很简单的事儿。

如果我不喜欢，可以不做。

父母并没有拜托我读大学。如果不想参加联考，就找份工作来做。如果觉得职场的规定不合理，可以不予理会。如果因此影响到人际关系，可以另谋他职。

然而，我却做了。

我想读大学，所以死记硬背了历史的年代表；去参加烦人的员工旅行，也是因为我想要珍惜那份工作和那个职场。

如今，我所做的事是迫于无奈吗？难道不是自己选择的吗？那些无聊的规定，小心谨慎地维持人际关系的圆满，都是因为我在“这里”。

当我开始这么想时，心里就轻松多了。

每个人生活的世界都很狭小，在这个狭小的世界里，一定会有某些令人难以置信的无聊规定，也一定有人会严格遵守这些规定，然后，去攻击那些不守规定的人。

然而，我们小心谨慎地避免和这些人发生冲突，并不是因为觉得他的行为正确，而是为了从“这里”走向“未来”，不想把时间浪费在无聊的争执上。

时间不是取之不尽的。不值得把有限的时间浪费在无聊的事上。为了能够对这些无聊的事嗤之以鼻，我奋力奔跑。即使别人笑我的内裤从翻起的裙子下露了出来，也在所不惜。

危险的独乐

虽然身体里没有赌博的血液，

但似乎有着“独乐”的血液。

我体内应该没有赌博的血液。虽然别人教我打过麻将、玩过跑马，也试过花札[1]和骰子，但都无法令我把金钱和热情投入其中。

不知道为什么，我迷过柏青哥。有一段时间，我曾经抛开家事和工作，废寝忘食地勤跑柏青哥店。

一大清早，我和怪叔叔以及活力充沛的老太太们一起排在店门口，店门一开，就立刻冲向前一天就锁定的机台。

我一天的预算大约两万日元。刚开始时，我还小家子气规定自己“一天只能花三千日元”，玩一些不起眼的涡轮机台，慢慢地，我开始不甘心被白白赚走三千日元，便有了“想赢”的念头。

---

[1] 日本的纸牌。

于是，“既然想做，就要好好做”的性格惹了祸，我一头栽进了“赢柏青哥”。把焦点放在同一家店的同一种类的机台上，饱览柏青哥杂志，研究滚筒旋转的次数和开奖频率，不惜放弃睡眠时间（白天都耗在玩柏青哥上，只能晚上写稿），日复一日地打着小钢珠。

当时，我已经结了婚，版税收入还算稳定，生活也颇富足。所以，才让事态越发不可收拾。渐渐地，钱在我眼里已经不再是钱，一百日元的硬币（当时，CR机还没有普及）变成了游戏机用的代币。

但我的对手是计算机控制的机器，外行人怎么可能赢得了？我没有足够的资本，也没有那份耐心，所以无法成为柏青哥高手，柏青哥店就是靠赚我这种半瓶醋的人的钱而大发利市。

明明规定自己一天只能用两万日元，但某一天，我走火入魔地错过了离开的时机，钱包里又刚好放着我领出来的版税。再玩一万日元，或许就中了。一万日元用完后，又拿出一万日元，然后，又是一万日元。

正确数字我已经忘记了，但我应该为那台机器贡献了八九万，最后，一直撑到营业时间结束，才欲哭无泪地离开。

但我并没有吸取那次的教训从此戒玩柏青哥，在之后两年的时间内，我仍然时输时赢地玩着柏青哥，但曾几何时，我便不再去柏青哥店了。

为什么？因为我迷上了电玩。于是，我再度把家事抛在脑后，废寝忘食地操控着电玩的操控器。

虽然身体里没有赌博的血液，但似乎有着“独乐”的血液。虽然很不想承认，但总觉得自己写小说或许也是这种“独乐”个性的延续。

“男人是真心，女人是花心”说

-

花心不是恋爱。

花心只是吃点心。

-

男人外遇和女人外遇的最大差异，就在于是否自觉。

男人在外遇时，通常会兴致勃勃，“好，我要来外遇，但不能被女朋友发现”，但女人可无法这么轻松。

咦，我明明已经有男朋友了，但好像对这个人动了心。难道喜欢上他了？好想和他单独约会。真希望他可以横刀夺爱，带我去南方岛屿度假。通常女人都会有类似的感觉。

这样的女人永远都是真心。如果有人告诉她，这根本就是花心的话，她们一定会哭得花容失色。我都已经这么痛苦了，你怎么忍心对我说这种话。我是真心喜欢他。

但是，在通常情况下，女人都不会立刻和这个男人分手。因为，她在观察，观察这份恋情到底是不是真心的恋爱。

假设恋爱中的真心，就是指“只对某特定的对象有继续维持关系的意志”。如果从这个角度出发，我忍不住要同情男人。

因为，男人要付出真心时，无论在精神上或物质上，都需要有相当的觉悟。

一旦宣布对眼前的女人的好感不是花心，而是真心，那么，从第二天开始，如果没有定期打电话问候，女人就会抱怨；约会时，就要找女方喜欢的餐厅；结账时，也不能老是各付各的。约会结束，还要负责送女方回家；如果一不小心忘了女朋友的生日，很可能会发生流血事件。

只要女人一旦觉得男人开始“偷懒”，在持续目前关系的同时，就会偷偷地骑驴找马。一旦找到真心爱自己的男人，可以帮自己买去南方岛屿机票的男人，便立刻换男主角。男人怎么受得了？

聪明的男人和并非真心喜欢的女人共度一晚欢乐时光后，通常不会主动联络。因为，男人无法忍受这样的女人要求自己付出真心。但如果这个女人很温柔、很漂亮，就会拖拖拉拉地维持这种关系，最后，男人就掉进女人的“真心陷阱”。

看到这里，觉得心里不太舒服的人，代表你谈过真心的恋爱。因为，“恋爱”根本不是这么回事。恋爱和恋爱游戏虽然相似，却完全不同。

恋爱不分男女，一旦陷入恋爱，即使对方没有要求，也会主动投入真心。同时，他 / 她也知道花心会有多大的风险，是多么划不来的行为。

花心不是恋爱。花心只是吃点心。除非是小孩子，不然，每个人都很清楚，偷偷吃大量点心会造成怎样的后果。

《蓝或另一种蓝》

-

我深刻体会到，

要让故事有真实性是一件很困难的事。

-

《蓝或另一种蓝》是我的作品中非常特殊的一本书。并不是因为对这本书充满特别的回忆，或是小说的情节特别富有张力，而是因为它是唯一一本“脱离现实的故事”的小说。

不知道各位有没有听说过“离魂者”（Doppelganger）这个词？在完成那本书后，我就把创作笔记丢了，所以，记忆有点暧昧。记得好像是心理学用语，不然就是写《格林童话》的格林先生创造的词汇。

所谓“离魂者”其实就是指自己的分身，是在不知不觉中分裂出不同人格的“我”。在心理学领域中，视之为自己的影子，指潜藏在深层心理中的隐性人格。我看过一本书，描述一个被分身夺走了房子、财产和名誉的故事。我觉得很有趣，开始思考是否能够以此为基础构思出故事，最后，促成了这本小说的诞生。

当时，自己刚结婚，对骤变的生活节奏感到茫然。由于居住的环境和家庭成员的改变，向来我行我素、充满自信的我，不得不改变以往的生活方式。那时，我产生了一个想法，觉得自己如果和另一个人结婚的话，应该可以体验到另一种不同的生活，小说的架构也因此成形。我想象着，如果也有分身，在另一个地方过着不一样的人生。似乎很有趣，但也有点可怕。

小说的设定正是我不擅长的脱离现实。如何让故事情节更有真实性，便成了最大的课题，也让我详细调查了成为小说背景的福冈的相关情况。不知道重写了多少次，即使编辑拍胸脯向我保证，我仍然倍感不安，觉得别人一定会笑我是无聊的痴人说梦。

小说出版后，听到读者认为婚姻生活的纠葛比分身的问题更打动人心时，我才终于松了口气。然而，这并没有因此激发我再度冒险的勇气，还是回归到写发生在生活周遭的现实小说上。

我深刻体会到，要让故事有真实性是一件很困难的事。比如，前一段时间，我在看创下高收视率的连续剧《长假》时，也有这样的感受。比起那出连续剧的故事情节，我好像在看推荐都会生活的录像带一样，更期待“这个星期，小南不知道会穿什么衣服”。然而，两位钢琴家在演奏会前打篮球实在有点不搭调；一贫如洗的女主角生活却显得很富足。但如果很如实地反映现实的话，情况会怎么样？结果当然是浪漫的画面消失，也不再有任何梦想。

这本书让我了解到，并不是完全描写现实就代表故事富有真实性。希望在不久的将来，我还可以挑战“梦想物语”。

关于勇气

-

我不认为，不想经历可怕的体验，

想要平静过日子就是“没有勇气”。

-

你是个有勇气的人吗？当听到这样的问题时，大部分人都会抓着头、暧昧地笑着说：“该怎么说呢？虽然不是完全没有，但也不能算有。”

当然，这也包含了谦虚的意味在其中。然而，大部分人在“勇气”这个字眼儿面前，都会感到不自在吧。

我认为，这是因为每个人都一定有“死穴”。

认识空手道有段数的男人害怕坐云霄飞车；也认识平时性格开朗的女孩子，在男生面前却突然变得不会说话；有人开车上下班，却因为害怕万一开到陌生的地方，所以从来不敢绕去其他的地方；也有人因为害怕而不敢搭飞机。

大家都害怕失败。害怕失败留下不好的回忆、痛苦的经验，也害怕遭人白眼，更害怕卷入意外，不幸命丧黄泉。

然而，避免自己害怕的事有什么不好？是谁规定在人生的旅途中，每个人都要充满好奇心地挑战未知的世界？

我不认为，不想经历可怕的体验想要平静过日子就是“没有勇气”。

小时候，我是个胆小鬼，害怕灵异照片、会欺侮人的同学、母亲的责骂等许多东西，但最害怕的就是跳箱。

我的运动神经很差，一般的开脚跳已经够害怕了，更害怕双脚并拢后跳起的闭脚跳。

无法想象自己可以双腿并拢地跳过如此巨大的箱子。万一失败，头可能会撞到地上。想到这里，一步也跨不出去。

老师为了我，特别降低了高度，鼓励我说，即使失败也没关系，鼓起勇气试试看。

什么“即使失败也没关系”，大人怎么可以说这种不负责任的话。受伤的是我，老师精通体育，怎么可能了解像我这种运动白痴的心情。

同学们接二连三地鼓起勇气挑战，果然不出所料，有人被跳箱勾到脚，狠狠地跌了个四脚朝天。最后，全班只有我一个人硬是不肯跳。老师一脸无奈，再也不鼓励我了。

长大以后，这种倾向也没有改变。去滑雪时，一看到陡坡，我立刻脱下滑雪板，脚步沉重地往下走；去海边时，绝对不会到超过头顶的深处。每当看到擅长滑雪的朋友畅快地从陡坡滑下，或是擅长游泳的朋友快乐潜水时，胸口就隐隐作痛。

无论如何都没有勇气跳跳箱的孩提时代的不愉快回忆，刺痛了我的胸口。

然而，即使是这样的我，也曾经有两次被人说“你真有勇气”的经验。

一次是为了从事写作而辞去工作，另一次是结束一段六年的婚姻生活。

当别人这么说时，自己也觉得“可能吧”，但又并不认为这是有勇气的行为。也就是说，我并没有感到害怕。内心的不安固然比山还高，但已经决定要这么做，所以，没有丝毫犹豫。

有不少人在公司上班的同时，努力从事执笔工作；即使婚姻生活不顺利，也有人认为这是考验，仍然努力维持婚姻。我认为，这些才是真正有勇气的人。

无论是结束的勇气或是持续的勇气，两者都是凭自己的意志决定，并付诸行动。

倾听他人的意见也是一种勇气。相反地，不受他人意见的影响，不也是一种勇气吗?

缺乏自我的人，害怕凭自己的意志决定事物，所以，才希望倾听他人的意见。然后，把结果怪罪到别人头上。

从这个角度来看，有勇气的人，或许是指“有自我的人”。

年轻时，许多因为害怕而做不到的事，现在却可以轻松应对。

比如，以前搭电车时，连为老年人让座这件事，也因为害怕被人骂多管闲事而做不到。现在，即使被对方骂“我还没老”，也不会过度自责，更不会觉得丢脸。

虽然可以说，是我脸皮变厚了，但更重要的是，随着经验的逐渐累积，对自己的失败不会再有过敏反应了。

年轻时，不喜欢因为失败受到伤害，不想被人斥责，也不想被人耻笑。因为，这会对自尊心造成伤害。我不喜欢出糗，更不喜欢丢脸。

如今，慢慢体会到比面子更重要的事。如果我会滑雪或游泳，一定会很快乐，所以，只要有机会，就逐渐练习。但对跳箱却依旧敬谢不敏，幸好，长大以后，就不需要再跳箱了，为此我松了一口气。

坏蛋的河豚火锅

-

暗自下定决心，下次遇到有人请吃河豚时，

一定要晚一小时才去。

-

有生以来，我第一次吃河豚。山本文绪，三十三岁的秋天发生的事。

到这把年纪还没有吃过河豚，并没有什么特殊的理由。只因为年轻时没什么钱，听说河豚是一种很清淡的鱼，贵得吓人，却又填不饱肚子，那还不如吃肉。

但我自以为年轻，转眼之间，也跨过了三十大关。吃油腻食物会引起消化不良，也无法一口气吃下法式料理全餐，吃的东西全变成了肉，通通长到了肚子和背上。

正当我下定决心要对往后的饮食生活重质不重量时，《小说昴》的编辑 Y 先生说要和我讨论工作，顺便请我吃饭——请吃河豚。

我家附近刚好有一家早就被我锁定的河豚店，我们去了那家店。一看菜单，我吓了一跳。本来以为绝对很贵，一看之下，果然真的很贵。但请客经验丰富的 Y 先生不慌不忙，笑着对我说，如果去高级河豚店，价格起码要比这里贵一倍。我只能“啊”地感到钦佩。

第一次吃河豚……河豚的美味超乎我的想象，令我感慨万分。但如果二十多岁时，花这个价钱，只吃到这么点东西，我可能真的会火大。

虽然这是我如假包换第一次吃河豚，但其实我以前吃过最好的河豚火锅。我在公司上班时，有一年的忘年会吃河豚火锅，那天，我刚好加班，赶到宴会现场时，河豚早就被吃得精光，大家正准备吃河豚杂烩。无奈之下，我只吃了河豚杂烩，没想到好吃得令我大吃一惊。

当吃着河豚套餐最后的河豚杂烩时，聊起这件事，Y 先生突然生气地反问我：“你说什么？”

山本小姐，这是一个成年人，不，一个人最不应该做的事。这种人太卑鄙了，我绝对不能原谅。喝了鱼鳍酒，已经醉醺醺的 Y 先生开始和我胡搅蛮缠了。

山本小姐，大家忍耐着从第一道菜开始吃起，就是为了吃套餐中最后这一碗河豚杂烩。等大家吃得差不多了，才空着肚子吃河豚杂烩，是只有坏蛋才会做的事。

“是，对不起”，我点头如捣蒜，呱啦呱啦地吃着最后剩下的酱菜，暗自下定决心，下次遇到有人请吃河豚时，一定要晚一小时再去。

岁末岁初省亲日记

一九九六年十月三十日

上午十点起床。今天要回娘家，对照着“电视节目表”，预录下几个过年期间的节目。我只有一台录像机，把一百八十分钟的录像带改成三倍速也只能录九个小时。苦恼了半天，终于预约了九小时的节目。都是因为要录《词汇天国》的关系，但我又很想看。

好久没回娘家了，一回到娘家，发现家里空无一人。谁都不在，连猫也不在。厨房里放着做到一半的年菜，猫的饭碗空空如也。玄关的锁打开着，没有留字条。原以为大家都蒸发了，没想到猫先回来了，喵喵地叫着“肚子饿了”。一小时后，母亲抱着生协超市的大袋子和松枝[1]回来了。父亲为熬不过新年的某个人守灵去了。

---

[1] 日本人在新年时，会在门前用松树或松枝装饰。

晚上，在已经变成仓库的房间里写稿。迎接新年之际写稿，并不是为了表达我对这个社会的嘲讽，而是我想要在别人工作的时候去旅行。

写完稿，泡了澡，喝着易拉罐啤酒，看了广濑正的《负零》，倒头就睡。

十二月三十一日

九点半起床。天气很好，我把被子拿到阳台上晒。

我正在写稿，猫跑了进来，吵着要爬到我的膝盖上。想到它已经是只老猫，来日可能不多了，便准备好好陪它一下。结果，母亲说要去买东西，要我陪她去当搬运工。我嘴里喃喃说着“子欲养而亲不待”，无奈地跟着出了门。顺便去附近的寺庙“提早一天的新年参拜”，避开元旦的拥挤人潮。在这种事上，我家倒是很有弹性。

中途，我们去了咖啡店喝咖啡。读高中时，就已经有这家咖啡店了，店内的装潢和菜单完全没变，感觉好像走进了时光隧道。母亲说，等猫和父亲不在了，过年就去夏威夷。啊，高龄化越来越严重了。理所当然地，账单被推到了我的面前，我付了只有价格上涨的咖啡钱。

虽然是大年夜，但三个大人也热闹不起来，全家人懒洋洋地看着红白歌唱大赛。早睡早起的父亲到了九点，眼睛已经睁不开了。叫他“先去洗澡，早一点儿睡觉吧”，他竟然说“等看完安室奈美惠再说”，把我吓了一大跳。父亲好像是她的歌迷。看完没有一丝笑容的安室奈美惠，父亲去洗澡了，洗完澡后，又说“看完小林幸子就去睡觉”。

喝着啤酒，和母亲两人看着《旧年新年》的节目，迎来了新年。

一九九七年一月一日

在我娘家，正流行 Game boy。大过年的，父亲和母亲默默地在玩 Game boy（家里有两台），我想要买对决用的连接线送他们，但想到可能又会成为他们吵架的理由，就觉得要再好好想一下。

虽说是元旦，但在除夕那天已经去新年参拜过了，家里又只有两台电视，父亲和母亲分别看着各自喜欢的节目，我根本没有频道选择权。实在太无聊了，只好去工作。

喝着啤酒，继续看《负零》，之后上床睡觉。半夜，猫过来拍我的脸，要求“让我睡进被子”。

一月二日

父母和哥哥、嫂嫂一起去亲戚家了，我和猫一起看家。

可能是因为我离过婚的关系，即使我不和亲戚来往，也不会挨骂。不知道是父母怕别人问东问西的，会让我显得很可怜，还是怕我在场，大家都会很尴尬，所以才不带我去。反正，我从麻烦的义务中获得了解放，让我暗自窃喜。

我独自悠闲地看着电视，吃着剩下的年菜。由于太闲了，忍不住写了些稿，给猫拍了几张照片。我的梦想，是让小玉的照片被《爱猫巡礼》录用。

一月三日

中午前就起床了，电视和空调开着，父亲和母亲又不见人影。原以为他们又搞人间蒸发，坐在电视机前一看，才知道正在举行箱根车站接力赛。接力赛会经过老家旁边的国道，他们可能去看热闹了。一小时后，双亲拿着沿途发的《读卖新闻》的旗帜回家了。我在这里无所事事，决定回东京的家。母亲让我带了年糕、仙贝、小西点和茶叶回家。

相隔四天，回到家里，虽然没有人迎接，但还是感到很安心。看了贺年卡和邮件后，就去附近的超市买吃的。买了豆腐、韩国泡菜，做了韩国泡菜锅。吃完后，完成了将在春天出版的日记散文（《然后，我就一个人了》）十二月的内容。这个月，不仅写了出版用的日记，也写了自己真正的日记。虽然没有发生什么特别的事，但总觉得自己好像整天都在写日记。

看了不在家时预录的*SMAP×SMAP*，突然有一种想黏人的冲动，打电话给三个应该悠闲无事的人，可他们不是回老家了，就是去国外旅行了，再不然就是感冒躺在床上，无奈之下，只好看《一人 Gottu 特别节目》[1]。

《负零》已经看完了，看了若竹七海的《我的神秘日常生活》后，睡觉。

[1] 由搞笑双人组 Down Town 中的松元人志独自主持的综艺节目。

独居的真正理由

-

为了避免到时候惊慌失措，

不如用分开生活的方式先失去，这或许才是我的真心话。

-

独居生活很寂寞。二十五岁之前，我都和父母同住，结婚后又离了婚，再度回了娘家，两年前，总算一个人搬出来住，不出所料，独居生活真的很寂寞。

我的工作是写小说，工作越认真，就越会孤单一人。我经常一整天都在打字写稿子。天色暗下来后，一个人做饭吃。然后看看电视，一个人傻笑。时间差不多了，就去洗澡。在床上看书看到累时，便倒头大睡。偶尔也会出去讨论工作，也会去玩，但一星期中，有一半以上的时间我都是一个人过。如果说不寂寞，根本是在骗人。

既然这样，就应该回娘家和父母一起住。虽然有人说，长大后，应该离开父母，独立自主，但我倒不这么认为。只要不会给别人添很大的麻烦，即使一直和父母住在一起，也没有什么不好。我不认为和父母分开生活，是独立的最低必要条件。

但我还是离开了家。离婚后重回娘家，和父母一起，三个大人、一只老猫的生活平静又祥和。即使晚归或外宿时，也不会像年轻时那样挨骂了。但我还是选择独自生活。

在看心理学的书籍时，发现了“对象丧失”（Object loss）这个词。

在人生路上，人会失去各种东西。安心地吸吮着的母亲乳房突然消失了；有朝一日，不再需要每天都抱着睡觉的绒毛娃娃了。从学校毕业，就代表将失去每天报到的熟悉环境；想要当航天员、想要当偶像歌手的年幼时的梦想，也将被现实冲淡。

即使在孩提时代，曾经为唐突、不合情理的对象丧失感到绝望，随着年龄的增长，人们就会在某种程度上接受事实，“反正就是这么回事”。学生时代的朋友渐渐疏离，一旦结婚，可以自由使用的时间必须完全奉献给家庭。但这是因为新结交的朋友和自己希望建立的家庭更重要。于是，人慢慢了解到，有失必有得。

失去恋情后，就可以节省下以前花费在恋爱上的时间和金钱，然后，通常都有机会找到下一份恋情。失去工作后，可以有一段时间睡到自然醒；心爱的猫或狗死了虽然很令人伤心，但之后一定会得到某种充实感和解放感。

我失去了同居的人，但可以随时看自己想看的电视节目，也可以看书看到尽兴。出门时，不需要一一报备；即使连续三天吃关东煮，睡到下午才起床，连续工作十几个小时，也不会给任何人添麻烦。

所以，我选择一个人住。即使会因此失去有人陪在身边的安心感，我也想要拥有自由。但这并非唯一的理由。所谓自由只是心态问题，只要把心态调整好，想要自由并不困难。

真正的原因，就是母亲从几年前开始挂在嘴边的那句话：等猫和父亲不在了，过年就去夏威夷；等猫和父亲不在了，把房子改建一下吧。母亲很自然地对我说这些话，完全没有哀叹的口气。她一定认为，自己会比满身是病的父亲活得久。

以前，曾有一位演员在接受访问时说，他和配偶不睡在同一间房间。当别人问他理由时，他说：如果每天一起睡觉的人有一天突然死了，那该怎么办？我无法忍受昨天还一起睡觉的人，明天就消失了。

人用这种方式做好准备。每个人为不久的将来一定会失去的东西做好心理准备，努力减轻对象丧失时的痛苦。

总有一天，我也会失去家人。为了避免到时候惊慌失措，不如用分开生活的方式先失去，这或许才是我的真心话。最近，我终于发现了自己躲在“想要自由自在生活”的伞下的怯懦，觉得自己简直不可救药。

自卑

-

每个人最了解自己，也最爱自己。

然而，却很少有人真正了解自己，真心爱自己。

-

归根结底，自卑感源自发现有人比自己更优秀。也就是说，自卑其实是来自“我不能原谅有人比我更优秀”的傲慢感情。

如果这样的形容有些过分，那么，改用另一种方式来表达。当十个人中有八个人可以做到的事，自己却做不到时，人们会为自己身为少数派而羞得无地自容，自卑感就是这种“和别人一样的愿望”的表现。

但是，人是脆弱的动物。对异类的物质会产生拒绝反应，认为“数大便是美”。当人被孤立为少数派时，会面临超乎想象的严峻状况。

“极端容易紧张”“汗毛浓密”和“运动白痴”是我十几岁到

二十几岁的三大自卑。

只不过是读教科书，为什么会双腿颤抖？为什么手上和脚上的汗毛比其他女孩子多？为什么拗到最后都不敢跳箱？

当时，为此深感烦恼。无法达观地认为，每个人都有擅长和不擅长的事，天生的身体特征也是无法改变的，我用尽了各种方法，努力想消除自卑。

我告诉自己，太在意自己会让自己紧张，于是刻意去参加一些必须在众人面前做什么的社团。汗毛浓密既然是天生的，我就决定要多存钱去美容沙龙脱毛，但只有体育课让我束手无策，我和同样是运动白痴的女孩子互搂着肩，相互安慰。

渐渐长大成人后，由于我的努力，紧张的毛病稍微改善了；汗毛的问题虽然很费钱，但美容沙龙会解决我的烦恼；至于运动白痴的问题，在不需要上体育课后，即使不需要努力，也自然消除了。

这是否代表我的自卑因此完全消除了？答案并非如此。

虽然改善了极端容易紧张的毛病，但在众人面前容易产生不必要的紧张的基本性格仍然没有改变；多年的运动不足，让我很缺乏体力，一下子就筋疲力尽。

然而，我不会像以前那样，凡事都想要克服，我已经决定要原谅自己。

我尽量避免参加众人聚集的派对；把去美容沙龙的钱花在其他享乐上；感到疲劳时，在还没有给别人添麻烦前，就先独自回家。我发现，这样的生活也可以很愉快。

每个人都对自己缺乏自信。

每个人最了解自己，也最爱自己。然而，却很少有人真正了解自己，真心爱自己。

人们往往认为，目前的不幸是由自己的缺点造成的，只要克服缺点，一定可以赢得更多人的喜爱。这或许是因为人通常在受到众人的肯定后，才能真正喜欢自己。可见，人对自己多么缺乏自信。

但如果人需要仰赖他人的评价维持内心的平静，往往会因为别人一句不经意的话而情绪激动或极度消沉。

自卑感也可以成为提升自我的跳板，但如果运用不当，就会对别人的眼光战战兢兢，一辈子都无法感到满足。

只顾着往上看，脚下当然容易踏空。

不要一味踮起脚尖，应该脚踏实地，逐渐克服自己的自卑。

阅读也要适量

-

难道我已经在不知不觉中，

变成了这么墨守成规的人？

-

世上有两种人，一种人看书，另一种人不看书。“大量阅读的人”一年或许可以看几百本书，“几乎不看书”的人或许每年只看两三本书，而且，很可能是因为工作需要而不得不看的书。

哪一种人更了不起？哪一种人更聪明？哪一种人的生活更充实？

以前，我理所当然地认为，爱看书的人比不爱看书的人优秀。但最近却体会到一件事，“几乎不看书”的人固然有问题，但“大量阅读的人”也有缺陷。

自己属于“看很多书”的人。

我以写小说为职，再加上原本就喜欢看书，所以，平时会积极地多看书。有一些书并不是很想看，却是我不得不看的数据，也有些是工作上不得不看的书。我不仅喜欢看书，也喜欢翻杂志，所以，会主动买回来看，有时候也会看别人送我的书（既然别人送了）。身为作家，我说这种话或许很不得体，但看书的时间远远超过写作的时间。

除了书和杂志以外，我也会熟读观光导览手册和电器商品的说明书，如果不从头看到尾，就会心神不宁。不久之前，还以为大家都和我一样，但直到最近才发现，像我这种人似乎属于少数派。

我很喜欢旅行，也曾经规划好时间和金钱，去国内或国外旅行了好几次。每次外出旅行，我都会捧着旅游书，在去程的飞机或特急电车中热心地熟读；到达当地后，仔细翻阅地图，充分了解自己所住的饭店位置，以及附近有什么，有没有不错的餐厅，该去哪里观光。结束一天的行程后，再度躺在饭店的床上看旅游书，安排第二天的行程。这一类的书通常也会介绍那个国家或那个地区的历史，往往让我一边看，一边发出“原来如此”的赞叹声。

但是，应该说，和我一起去旅行的人通常完全不看旅游书。由于我的表现简直就像领队，与我同行的人乐得高枕无忧。结果，我就开始火大。为什么非要我操心晚上去哪家餐厅吃饭？为什么要我烦恼明天的行程？来旅行原本想要放松，我却完全无法放松。

不久之前，带母亲去夏威夷的可爱岛（我要声明，刚开始是母亲提出“好想去可爱岛走一走”的）。我干这一行十年，请母亲参加超便宜的夏威夷旅行的费用还负担得起，所以，我们就决定同行。

我一如既往，饱读旅游书；母亲也一如既往，只顾跟着大家，看到风景就赞叹“哇——喔——嗯——”当初是母亲说想要来的，况且，这次是我出的钱，所以，我有点不太高兴地对母亲说：“你也看一下旅游书，至少帮忙想想等一下要去哪里。”但母亲只笑着回答说“也对哦”，丝毫没有反省的态度。

结束旅行，在成田机场的车站分手时，母亲说：这次事先完全没有预备知识，根本不知道那里是怎样的地方，所以特别好玩，谢谢你。

听到母亲的感谢，当然很高兴，但更令我感到错愕。

也就是说，我所做的事，就像是事先看了许多预告，也熟读故事情节后，才去看电影；母亲却是在完全不知道内容（只听别人说很有趣）的情况下看了电影。谁会觉得更有趣，答案已经显而易见。

我就是有这种倾向。

比如，用邮购买来的组合式家具。都会把说明书从头到尾看完后，才按部就班地开始组装。但我那些朋友们（当然还有我母亲）却异口同声地说：“我才不看这种东西。”大家都轻描淡写地说，只要先试着组装，等不会的时候再看就好了。

难道我已经在不知不觉中，变成了这么墨守成规的人？

人为什么要看书？每个人的理由都不一样，可能是为了消磨时间，也可能是因为看书会让心情变好，但总而言之，都是为了增长知识。许多人会在电车上看书、看杂志、看漫画，都是觉得看书比坐在那里发呆，更能够有效利用时间。但仔细观察一下，就会发现还是有人在发呆。这些被认为是在“浪费时间”的人必须提高警惕。

当然，看书是一种快乐，我也认为看书是一件好事。但当我发现目前已经是一个信息泛滥的时代时，有时候反而觉得“不太看书的人”在动物性的灵感或情绪方面更优秀。

如今，我发现了比接二连三地贪婪阅读更重要的事，所以，这一阵子，我在外出时，皮包里刻意不带书。

无意义的旅行

-

这辈子再也没有机会毫无意义地享受毫无意义的事，

也不会毫无意义地耍宝了。

-

第一次参加没有大人的旅行，是高中的毕业纪念旅行。我和另外两个从小一起长大的女孩子一起去山中湖，玩了三天两夜。

以前，虽然有过合宿露营和毕业旅行的经验，但这是我们第一次自己张罗从住宿到买特急电车车票的事，而且，也是第一次获得家长的恩准。

我们兴高采烈地欢呼起来。“在高中毕业以前不可以做”的事情彻底解禁的日子终于到来了。三个人在毕业典礼后，立刻去烫了头发，脸上搽着粉底和口红，意气风发地踏上了旅程。

但是，第一天，山中湖下起了雨。

第一天的行程是骑脚踏车绕湖一周。没有一个人提出要更改计划。我们穿上最喜欢的衣服，化着根本不配的浓妆，租了脚踏车，在冰冷的雨中绕行湖畔。

刚开始时，大家还你追我赶地嬉戏着，随着渐渐远离湖畔，即将进入山道时，才惊觉“我们到底在干什么？”雨越下越大，也找不到避雨的地方。无论想要罢休还是继续，大家都必须踩着脚踏车回民宿。

正当我们默默不语地推着脚踏车走在陡坡上时，不知道是谁提议：“要不要照张相？”又有人回答：“好啊。”于是，我们挡在路上，霸王硬上弓地拦下一辆路过的车子，请别人帮我们照相。原本心里期待着那个看起来像是当地人的老伯伯会说：“要不要我送你们？”但老伯伯连笑都没笑，便无情地离开了。

无奈之下，我们像落汤鸡般地在绵绵的冰雨中，推着脚踏车回到民宿。

第二天，山中湖还在下雨。

虽然我们年轻充满活力，但没有一个人想要外出。于是，三个人穿着睡衣，在民宿的被炉里，东倒西歪地吃着橘子和点心。那天，开了一整天的电视上刚好在播放 Pink Lady[1] 的告别演唱会。

第三天，山中湖也是一大早就开始下雨。我们觉得自己像白痴一样，便决定提前回横滨，然后，坐在平时聚会的咖啡店，嘴里念着“真不想回家”，一直耗到门禁时间才离开。

---

[1] 二十世纪七十年代后期风靡日本的女生双人偶像团体，但在一九八〇年宣布解散。

十六年后，我的手上拿着三个人在十八岁时顶着像同一个模子里刻出来的米粉头和一脸大浓妆，在大雨中无力地比着“V”字的照片，以及穿着睡衣、模仿着 Pink Lady 的照片。

年轻人真的很白痴。但每次看到这几张照片，我就感慨，这辈子再也没有机会毫无意义地享受毫无意义的事，也不会毫无意义地耍宝了。

现在，我很少有机会看到另外两个人。

把真心话当作恋爱王牌的方法

-

我认为，

恋爱就像是邀对方来自己的房间。

-

人在恋爱时一定会伪装。即使自夸我才不是那种女人的人，也会在无意识中美化自己。因为，所谓恋爱，难免或多或少地会在对方面前美化自己（也同时会美化对方）。

恋爱无法永远持续。恋爱的结束比预料得更早。当厌倦美化自己，并了解对方的真面目（完全忘记是自己擅自美化对方这件事）时，就会感到失望。为什么恋爱无法持续？为什么无法一直伪装下去？

把“真心话”和“场面话”放在一起时，会觉得“场面话”听起来很负面。这是因为误以为人的思考和行为基准只有“真心话”

和“场面话”这两种。但事实上，人并不是只活在这两个极端的思考中。一个人的思考通常是由介于两者之间暧昧的“个人性格和习惯”所决定。

如果说，真心话是你房间的壁橱，那么，场面话就是房间窗户前所挂的窗帘。“你的性格和习惯”就代表整个房间。

你生活在你的房间里。当朋友打电话来时，你很有精神地接电话；如果是娘家的母亲，或许会撒娇地抱怨几句“工作把我累坏了”；如果是暗恋的男人打来的，就会突然轻声细语起来。快递上门时，会开门收取，但如果是推销报纸的，或许你连门都懒得开。即使会邀朋友和恋人来家里，却不会对合不来的同事或上司说“有空来玩”。这里并没有所谓的真心话和场面话，只有性格和习惯而已。

早晨，在准备出门上班时，或是晚上准备入浴时，你会在房间里脱衣服。这种时候，你会不会拉窗帘？一般人都会拉窗帘。

然而，日前发生了这样一件事。我住的地方算是密集的住宅区，房间在三楼，可以看到四周许多房间。有一天，当我去阳台收忘记收进来的衣服时，透过对面公寓的窗户看到一个女生正在换衣服。房间里开着灯时，外面可以很清楚地看到里面的情况。那个女生似乎刚洗完澡，正悠闲地吹着电风扇，但不好意思，我连她的内裤也看得一清二楚。如果我是男人，一定会觉得超幸运，很可惜，我是女人，真想大声叫她“把窗帘拉起来！”

我认为，“场面话”和这种情况很类似。在人口密度高的当今社会中，“场面话”是人们在日常生活中避免不愉快的感觉和摩擦的智慧。

但一年四季都关紧窗户的人，也会让人觉得不舒服。虽然知道那里有人住，但那间房间从来不拉开窗帘，根本不知道里面到底住的是什么人。这就会让人感到害怕。这也正是人们疏远那些整天只说“场面话”的人的原因。

既然真心话是壁橱，你会整天开着壁橱吗？一个人在家时，有时候可能会忘记关上，但如果朋友和情人造访时，你应该会把壁橱关起来吧。如果去别人家里玩，看到对方的壁橱大开时，会感到毛骨悚然。即使里面整理得有条不紊，我也不想看。

我认为，恋爱就像是邀对方来自己的房间。这并不是指真的邀对方来家里，而是指打开绝对不会向推销员开启的心门，接受对方。

刚开始交往时，当然不可能打开壁橱给别人看。但问题是交往相当一段时间后，该怎么办？

壁橱里收藏的可能是旧相册；或是你准备在重要时刻穿的性感内衣；也可能是小时候玩过，却又一直舍不得丢的绒毛娃娃；或是偷偷在学的英语会话的课本，以及杂志上的婚礼特辑。

你想要和情人分享这些事。想要和他分享每段小故事，让他了解你平时隐藏起来的部分。比起扮演理想中的自己，你更希望让他了解你的孩子气、从来不曾告诉过别人的性欲、进取心，以及对未来漠然的不安。当你假装不经意地打开这扇门时，他是否窥探你的壁橱？或是故意移开眼神？

如果说，恋爱就是伪装，那么，在希望对方了解自己真心话的那一刹那，恋爱或许已经走到了终点。但他可能对你的壁橱很感兴趣，只要注意时机，恋爱就不会变成随时遭到破坏的脆弱关系，而是迈向一种名为“信赖”的人际关系。

第四章

琐碎的工作

（开始用电脑后）

日常的我 2

-

我拒绝这种刺激破坏我永无止境的日常生活，

还是选择规规矩矩地过日子。

-

每天早晨六点到八点起床。上午工作，下午和晚上随心所欲。所谓随心所欲，通常不是继续工作，就是去游泳池游泳，或是去英语教室学英语会话。

写到这里，突然感到愕然。或许，这么写会对读者有些失礼，因为我只是对自己的问题感到震惊。

我是在三年半前接到本杂志（《青春和读书》）委托我写名为“日常的我”的散文。当时，也写过“早晨八点起床，上午工作，下午去健身房或学英语”。我的日常生活完全没有改变。我为此感到震惊。

在这三年多的时间内，真的发生了很多事。甚至说，这是剧变的三年半也不为过。

我搬了两次家，养了十七年的猫死了，身体不适的情况十分严重。虽然结交了新朋友，但和好几位旧友的关系渐渐疏远；虽然这并不值得炫耀，但也经历了一场痛苦的失恋；拖延了那么久，也终于买了计算机，又换了新的传真机和吸尘器，还买了手机。

然而，每天的生活却没有变化。早晨起床后，吃面包、喝咖啡、洗衣服、写稿，吃完午餐后，继续写稿。写腻了，就去游泳、做英语习题，好好地泡完澡后，再上床睡觉。我并没有特别设定节日，周六、周日都过着相同的生活。想到如此下去，这种生活一直会持续到死，难免不寒而栗。

于是，我偶尔会去旅行。如果不刻意改变，每天的生活都会如此持续下去，就像没有标点符号的文章一样。为了在适当的地方加上标点，我外出旅行。

旅行的目的只是摆脱日常生活，因此，无论去哪里都无妨。但去国外当然比国内旅行好。身在国内时，总会情不自禁地打电话、回家里听录音机，或是因心里挂念着下一次截稿日而提早结束旅行。事先决定回程班机的国外旅行，更能够让我干干脆脆地摆脱日常生活。

话虽如此，其实，即使我去旅行，每天的生活也不见得有太大的改变。旅行时，我的生活模式永远都是“早上起床后，出去逛逛，买点东西，喝杯咖啡或啤酒，抽支烟，洗完澡后写点东西，再上床睡觉”。巴厘岛、阿拉斯加、中国香港、伦敦和新西兰都是这样。曾经有人对我说，既然这样，何必花一大笔钱去旅行。真是一针见血。

所以，我讨厌和那种喜欢夜生活的人、想要走很多路的人、完全没有购物欲望的人，或是只要便宜，什么都好的人一起去旅行。当我感到累了，就想要搭出租车，即使被当冤大头也无妨；晚上想要在饭店房间好好休息，即使不需要住高级饭店，但至少想要住在干净的房间里；虽然并不是崇尚名牌，但也想要逛逛免税店，买买化妆品。

我要声明一件事，以免产生误解。我并不是讨厌那种爱好大自然的人，只不过是我既没有体力，又没有耐性。

同业的 Y 小姐是和我很速配的旅行同伴之一。我和她一起去旅行过三次，我们的节奏很合得来。

首先，我们两个人都很早起，一到晚上，必然昏昏欲睡。虽然会去观光，却不想赶行程。饮食量也大同小异，连去上厕所的时机也差不多。口渴了，就分享一罐啤酒；两人都抽烟，可以肆无忌惮地抽烟。最重要的是，Y 小姐是“基本上很独立的人”，不需要我照顾她。只要决定见面的时间，就可以分头行动，这种方式既轻松，又愉快。

Y 小姐是个细心的人，应该在很多地方配合了我的步调。我很感谢她。

然而，有一件事让我确信，我和她“情投意合”。那是发生在巴厘岛的事。

那天傍晚，我们在饭店前的海滩上搭船出海。虽然是搭只能坐四个人的小船，但也姑且算是“晚霞之旅”。导游是当地的男生，自称曾经身为专业冲浪者去日本参加过比赛，在日本住了几个月。不知道是否因为这样的关系，他的日语很不错。我们聊得很开心，当船靠近海岸时，他问我们：“要不要一起去吃蘑菇？”

我和 Y 小姐四目相视。在来巴厘岛前，就听许多人说过这种蘑菇，我们还说，如果有机会的话，也想要尝一尝。

我们用眼神交谈了三十秒，最后还是婉言拒绝了。可以解释成我们的行为很迂腐，也可以说是没出息。但事后我们两人谈起此事，发现彼此的想法相似，不禁捧腹大笑。

虽然被花心的印度尼西亚海滩男孩搭讪令人受宠若惊，但我们才不想被洗劫一空。

与其寻求强烈的刺激，不如我们还是选择喝喝茶、抽支烟。根本不需要毒品。

只靠口头约定的工作、或许一辈子都孑然一身的身体、一不小心就会忘记入账的稿费。我拒绝这种刺激破坏我永无止境的日常生活，还是选择规规矩矩地过日子。

不喜欢就是不喜欢

-

我不喜欢的东西就是不喜欢，

不想做的事无论如何都不想勉强自己去做。

-

虽然有点自曝其短，但当我说“我很忙”时，通常都是在应付。

有时候，日子过得太悠闲，结果，一下子就到了截稿日。虽然偶尔也有真忙的时候，但这种情况并不多见。因为，我讨厌“忙”。

原本我就有这种倾向，但最近越来越不喜欢和人交往，写稿方面，工作方面，也减少到只要能养活自己就好的量。大部分的聚餐我都避之唯恐不及，朋友的婚礼也不参加，当然，中元节和年底也不送礼。不好意思，我太清高了。

对周遭的朋友深感抱歉，但我并没有罪恶感。由于平时太不注重礼节，目前，只维持着过年写贺卡的习惯，只是不知道哪一天会放弃。

虽然我才（已经？）三十多岁，却总觉得自己已经不年轻了。但是，我不喜欢的东西就是不喜欢，不想做的事无论如何都不想勉强自己去做。

只要有人约我喝咖啡或喝酒，就会让我觉得别人需要我而雀跃不已。邀约别人需要勇气。当自己邀约别人时，万一遭到拒绝，多少会受到伤害，感到失望。所以，在三十岁以前，自己总是天真地认为，当别人邀约我时，尽可能不要拒绝别人。

在发生了某件事后，就不再轻易地答应别人的邀约。那一次，我和一位老朋友很不愉快地断绝来往了。

这个朋友的娘家离我老家很近，我们在学生时代就认识了，长大以后，变成了朋友。在某次和共同的朋友一起喝酒后，彼此都有一种“相见恨晚”的感觉，于是，我们经常单独见面。她是个很开朗、没有不良习惯的女孩子。

几乎每次都是她打电话约我。因为她已经结婚生子，也还在工作。我已经辞去工作，专职写作，所以，时间比较容易调整。即使我打电话找她，她也总是忙不迭地回答我“我会打电话给你”，就挂了电话。

她联络我的次数绝对称不上频繁，每次都在我差不多忘记她的存在时，她才打电话来，问我要不要一起吃饭。

只要有时间，我就会奉陪；即使再忙，也会另约时间。我们约在某个地方后，吃点东西，喝点小酒，共度两三个小时，聊聊彼此的近况和无关痛痒的话。这种关系持续了好几年。

说起来，我们之间根本没有什么问题。除了她以外，我还有其他类似的朋友，我既不会特别喜欢她，也不会特别讨厌她。况且，她既不是我的男朋友，也算不上是我的闺中密友。

然而，有一天，我突然单方面地生气了，结束了我和她之间的关系。至今，我仍然会不时地纳闷到底是怎么回事。

那并不是突然发生的。慢慢地，我开始对她产生了一种格格不入的感觉，也越来越不想和她见面。因为，我发现她满嘴都是牢骚。

我也会发牢骚，而且，觉得自己整天发牢骚。为什么不能听别人发牢骚？我不禁为自己的心胸狭窄和冷漠感到愕然。

她的牢骚很普通。她必须兼顾工作和家庭，每天连看电视的时间也没有，这种情况下，难免想要发牢骚。她在如此百忙的时间中，还抽空和我见面。

她吃着简单的餐点，喝着小酒，向我吐露着工作上的不满、对家庭的不满和对未来隐隐然的不安。从日常生活中微不足道的事，聊到要怎么过这一辈子等根本的问题，她每次都笑着聊这些事，完全没有丝毫悲哀的口吻。

我因为职业的关系，别人经常找我商量。对“一般人的日常烦恼”也颇有兴趣，往往很乐于倾听。

为什么我可以心平气和地听别人的牢骚，却对她的话嗤之以鼻？她也会问我：“最近怎么样？”了解我的情况，所以，我们的交谈并非只有她说我听而已，如果有第三者在场，一定会觉得根本没有任何值得我生气的原因。

原本以为自己和她之间最多半年才见一次面，不久之后，她就会自然消失。

有一天，她像往常一样翩然来电，说如果有时间，要不要一起吃饭。我不太想去，就回答说“我今天很忙”。但她竟然很难得地坚持。

“其实，我有事要和你谈，可不可以见面谈一谈？”

我听她的口气好像很严重，就建议“不然明天怎么样？”她竟然回答“我只有今天有时间”，还说她要来我家附近，可不可以拨一点儿时间和她见面。我想了一下，就答应和她见面。以为她一定要说什么严重的事。所谓烦恼，只要能够说出来，就可以减轻不少。以前也有这种经验，就觉得朋友有难，当然应该鼎力相助。

然而，见了面后，她和平时一样简单地吃了点东西后，聊的也是和平常无异的内容。工作上的牢骚、对另一半的牢骚和对未来的不安。我无奈地搭着腔，赔着笑，喝干了啤酒。虽然心里很不舒服，却没有说出口。走出店里，我们一起走到车站，她买了车票。她走到检票口时，回过头来说“下次再一起吃饭”。这时，我终于忍不住了，不假思索地说：

“不好意思，可不可以请你以后不要再打电话给我？”

她目瞪口呆地看着我，她一定没想到我会说这种话。我丢下呆若木鸡的她，飞也似的逃回了家。从此之后，她再也没有打电话来。

但冷漠的我还是很庆幸，幸好她不是那种遇到这种事后，还会厚着脸皮打电话来的迟钝女人。

我认为，大部分的错在我。

所谓的关系，必须是在双方同意下才能成立，当某一方不认同时，关系就会破裂。是我破坏了我们的关系。

因为她说的话很无趣，因为她只顾着聊自己，因为她缺乏魅力，所以，我才会讨厌她。虽然这种态度很傲慢，却也是无可奈何的事。

这是随处可见，可能发生在任何人身上的故事。然而，却成为改变我人生的大事件。

从很早之前，我就已经发现了她满嘴牢骚。而且，每次都是她找我出去，一吐胸中的郁闷后，换成我郁闷了。

然而，我之所以继续和她见面，一定是因为我对她仍抱着某种期待。

我听你发了那么多牢骚，有朝一日，当我遇到什么状况时，你一定会好好地倾听。我的确有这种想法。然而，我却无法如愿。因为，她实在太忙了。即使我打电话给她，她不仅不会和我见面，连在电话里多和我聊五分钟都没有。

如果对方是很古怪或个性讨厌的人，我一开始就会明确拒绝，不至于发生这种事。她带给我的不是剧痛，而是“隐隐的痛”，虽然我一直感到很不舒服，却仍然心存侥幸地接受了她。

这是两个维持着半吊子社交的人之间所发生的不愉快。用半吊子的心情善待他人时，人都会在无意识中期待回报。虽然这个世上也有许多高尚的人并非如此，但我意识到了自己的贪念和脆弱。

所以，我尽可能避免做自己不喜欢的事。不喜欢的事就说不喜欢，这是对自己，也是对别人的礼仪。

目前，我仍然和她保持着互寄贺卡的关系。我相信，有朝一日，我们可以心情愉快地见面。

书店是玩的地方

-

当出其不意地找到一本新书时，

能够有地方让人满怀兴奋地喝杯咖啡，抽支烟，将是无上的幸福。

-

直到我长到很大以前，始终以为“有邻堂”是全日本最大的书店。

住在神奈川县的人一定都知道“有邻堂”这家书店。这家书店在神奈川县内有多家连锁分店，至于在其他都道府县是否也有分店，就不得而知了。很遗憾地，我和有邻堂并没有什么渊源。

有邻堂的总店位于横滨市的伊势佐木町。地下一层、地上四层还是五层（对不起，记忆有点模糊）的大楼，整幢都是有邻堂书店。

小时候，我曾经觉得这里“好大”，看得我眼花缭乱。在此之前，我只知道邻居奶奶开的小书店，或车站大楼里占据一角的书店，看到这么大的书店，无疑是极大的震撼。每次在生日或圣诞节造访时，都会由衷地感叹“好大”，让大人帮我买喜欢的书。然后，去位于地下一层的餐厅用餐时，对之前只吃过不二家餐厅的我来说，这无疑是一种文化冲击，让我每每感叹连连：“哇，是大人的餐厅耶！”

之后，即使父母不带我去，也会自己搭电车去。上了高中后，只要一踏进有邻堂，仍然会感叹“好大”。当时，我的行动范围虽然已经扩大到涩谷，但从来没有看过比伊势佐木町的有邻堂更大的书店。

所以，我很羞愧（不，一点儿也没什么好羞愧的）。在二十岁以前，自己一直对有邻堂是全国最大的书店这件事深信不疑。

然而，有一天，我和一位在东京长大的人聊起书店时，对方竟然说不知道有邻堂。我很纳闷，为什么？我说，一些小书店里找不到的书，不是非要到有邻堂才能找到吗？对方很干脆地说，可以去纪伊国屋、三省堂和丸善找啊。我这才了解真相。从小在神奈川县范围内长大、生活的我受到了打击。

当我一踏进新宿的纪伊国屋书店，对多年陪伴我成长的有邻堂产生了一份愧疚，也同时向它道别，我对纪伊国屋如痴如醉，因为，这里的书实在太多了。

想要找的书永远都找不到。我一直以为，如果在有邻堂里也找不到的书，只能靠订购了。因此，如果在纪伊国屋也找不到的话，我就只能认命了。

但最近这几年，书也可以采取邮购的方式。我使用了某运输公司的书籍宅配系统，送达的时间比预料中更快，让我十分感激。如今，只要我想买书，就会毫不犹豫地用邮购的方式买。

这并不代表我不再去书店。相反，我很期待去书店。由于不再有要找书的迫切感，所以，书店变成一个可以让我慢慢玩儿的地方。

想要买新出版的书时，即使一般的小书店也会放很多本。但大型书店的优点，就在于旧版书籍的藏书也很丰富。随兴地走在书店里，从平时很少接触领域的书架上取下书名奇特或封面十分漂亮的书，是一种很大的乐趣。

当我认为书店是闲逛的好去处后，就和原本已经宣布“断绝往来”的有邻堂“重修旧好”了。对我来说，有邻堂总店还是心目中的 No.1 的书店。如今，我已经不住横滨，无法经常造访，但只要去关内那一带，就一定会去逛逛有邻堂。

有邻堂改装多次，书籍的位置也改变了，但建筑物仍然保持原有的风貌，充满横滨的怀旧气氛。每每让我深切赞叹“好大”。长大以后，才发现，有邻堂总店之所以让人感觉很“大”，是因为中二层围着一层楼层，所以，天花板看起来很高。一层的书架看起来好像和中二层的书架连在一起，十分壮观。

地下一层餐厅的消失让我感到十分遗憾。我认为，大型书店一定要附设咖啡厅。当出其不意地找到一本新书时，能够有地方让人满怀兴奋地喝杯咖啡，抽支烟，将是无上的幸福。

安克拉治的寿司店

-

如果想要不受干扰地清静一下，

我认为安克拉治比南国岛屿更理想。

-

安克拉治（Anchorage）很朴素。许多举世闻名的地方，在实际造访后，往往会发现是个巴掌大的小地方，但我觉得，安克拉治堪称是最朴实的城市。

那是一个寒风扫落叶的城市。寒冷是理所当然的，因为，我是在冬天去的。冬季的阿拉斯加州怎么可能不冷？但理由并非如此而已。不久以前，安克拉治是飞机重要的转机地，自从冷战结束后，飞机可以进入西伯利亚的上空，从日本到欧洲都搭直航的班机。所以，这次从成田机场到安克拉治时，还必须特地去西雅图转机。

我们是在去阿拉斯加内陆的温泉地欣赏极光后，才去安克拉治住一晚。在极光之旅的最后一天，也包括观光安克拉治。

但安克拉治好冷清。导游带我们去动物园参观，一片白茫茫的平原上，只有远处站着孤独的麋鹿和驯鹿。当时，就有一种不祥的预感。果然不出所料，市中心的商店有三分之二拉下了铁门，即使写着“可以用日语买东西”的商店，也只有一个看起来像是墨西哥人的人看店，不仅日语不通，连英语也支离破碎。

导游虽然劝我们“反正只住一晚，不妨考虑在饭店附近的日本餐厅吃饭”，但会乖乖听导游话的人，怎么可能在寒气逼人中去看极光？我们走在结冰的路上，向偶尔听到的“安克拉治最棒的寿司店”出发。在积满白雪、毫无人烟的路上，浑身发抖地走了三十几分钟（原本听说走路只要十五分钟，才没有搭出租车），终于到了那家寿司店所在的饭店。但不要说门童，连柜台也空无一人。好不容易找到饭店的员工，问他寿司店在哪里，他回答说：“厨师几天前不知道去哪里了，还没回来。”无奈之下，我们只好在宽敞、豪华，却空空荡荡的购物中心快餐区吃比萨。

不可思议的是，我并没有生气。我爱上了安克拉治这种冷清的、休闲的感觉。极光温泉的过度服务让我有点吃不消，脑袋空空地站在冷清的街道上，压力反而一扫而光。如果想要不受干扰地清静一下，我认为安克拉治比南国岛屿更理想。

用到最后的口红

-

每个人变化的速度不同，

基本上，人无法忍受停滞。

-

迄今为止，从来没有把任何一支口红用到最后。身为女人，这或许是一件很丢脸的事。年轻时或许会东试西试，但我已经（只有）三十好几了，也该找到适合自己的口红颜色，“从一而终”地用到最后。然而，每当看到当季新色的口红广告时，我就忍不住心动。抽屉里已经躺了不计其数的口红。

说起来有点惭愧，我很喜欢流行的东西。即使明知道只流行一季的衣服，也会忍不住买下来；曾经迫不及待地在手机上挂上 Hello Kitty 的吊饰，遭到周遭朋友的耻笑。但即使在别人眼中显得多白痴，穿戴流行的东西时，心里还是会雀跃不已。

年轻时，经常被“可以用一辈子的东西”这句话所骗。可以用一辈子的昂贵皮包、昂贵的大衣、昂贵的套装。现在拿出来看，每样东西看起来都很俗气，但因为价格很贵，又舍不得丢掉。如今，我只买价格合理的衣服和皮包，口红和指甲油都买迷你尺寸，购买生活用品时，都以随时可以换新为前提。只要用腻了，就毫不犹豫地丢掉，鬼使神差买下的昂贵物品，都转送给了母亲或年纪比我小的朋友。

然而，不知不觉中，我惯用的物品逐渐增加了。由于现在的工作量比年轻时大，时间相对减少，自己无法再追着流行跑。以前买香水时，向来喜欢尝试新产品，如今，已经找到了自己喜欢的味道，一味地使用同款的香水；到了这个年纪，才第一次亲身体会到“做工考究的朴素套装”是多么小兵立大功。我已经了解到，出席正式场合时，打扮入时却又不引人注目是多么重要。

日前，发生了这样一件事。虽然称赞自家人，听起来有点肉麻，但好久没和母亲相约在外面吃饭了。那天发现母亲戴的丝巾和口红的颜色特别漂亮。我忍不住问母亲：“你新买的吗？”母亲笑我：“你在说什么呀。是你自己不要了，送给我的。”仔细一看，真的是我当时狠下心买的爱马仕丝巾，和只用了几次就腻了的米色口红。我不敢叫母亲还给我，却在心里懊恼得直跺脚。

每个人变化的速度不同，基本上，人无法忍受停滞。然而，以厌倦为前提挑选生活用品的态度，似乎也有点儿不太对劲。这和恋爱一样。虽然知道恋爱终有结束的一天，但在爱上的那一刹那，往往认为彼此可以天长地久。这才是真诚的态度。无论结果如何，今后，我都会买认为自己会用到最后的口红。

微妙的年龄

-

每个人都会一岁一岁地增长年龄，

每个人岁数增加的速度都相同。

-

我很喜欢主动告诉别人自己的年龄。因为，观察对方当时的反应很有趣。

听到我报出自己的年龄后，回答“看起来好年轻”的占最多数。并不是在自夸自己比实际年龄看起来更年轻，而是说，这是最一般的社交辞令。当别人告诉我年龄时，我也会说“你看起来好年轻（看不出来已经那么老了）”。只有对十几二十岁的人才能说“看起来比较老”这种话。而且，还必须委婉地用“看起来很稳重”的方式表达。

当我自报年龄时，对方也会乖乖地报上自己年龄的人居其次。通常都是比我年长的人，而且还会具体地说出数字，“我比你大三岁”。但年龄比我小的人就显得局促不安。这是我的“不良嗜好”，但就是喜欢看别人这种心神不宁、坐立不安的样子。

假设对方刚好和我同龄，往往也很有趣。我是十一月出生的，即使同一年出生，只要在上半年出生的人，就会比我“高一年级”。于是，突然会产生学长、学妹的关系。年龄真的很不可思议，即使生日只差几天，也会产生年长、年幼的关系。

我向来喜欢问别人的岁数。虽然知道不应该问初次见面的人，或是不太熟的人，尤其是女人的年龄，但我并不很在意这种礼貌。

我对别人的岁数很感兴趣。或许是出于“想要观察别人”的作家个性，但年轻时，看到有兴趣的人时，就会克制不住地绕圈子问对方的生肖。结果，为此，还被我的好朋友训过一顿：“问别人的岁数是一种坏习惯，你太多管闲事了。”

我的行为的确令有些人不太愉快。尤其是较年长的女人，或许她们以为我故意在向她们炫耀自己的年轻。

但我觉得有一件很不可思议的事。为什么年轻就会有优越感，或是产生罪恶感？对我而言，我只是基于好奇心问别人多大，就好像在问“你是哪里人？”或是“你现在在哪里做什么工作？”一样，为什么会被认为是在“多管闲事”？

每个人都会一岁一岁地增长年龄，每个人岁数增加的速度都相同。无论勤奋的人或是懒惰的人，无论看不看得出有这样的岁数，都会以相同的速度增长岁数。我喜欢这种简单的道理。

我认为“随着年岁的增加，威望也会增加”，或是“皱纹很漂亮”

之类的话根本就是骗人的。即使年岁增加了，笨蛋仍然是笨蛋；年轻女人的肌肤当然比较漂亮。谁规定年岁增加，人就必须变聪明？肌肤老化、变丑又有什么错？

我想知道如弹唱民族音乐雷鬼[1]的老伯伯的年纪，或是银座妈妈桑的年纪。无论他们告诉我他们多大，我都会感慨。实事求是是普通而自然的状态，我认为这样很棒。

把自己的年龄告诉初次见面的人很有趣，但我最近发现告诉知道自己年龄的家人也很好玩。

每年过年回家时，我都会向父母报告年龄。虽然他们每年都听我报告，但仍然会真的感到惊讶。母亲会叹着气说“哇噢”，父亲则皱着眉头说：“你没搞错吧？”

今年，是我的第三个本命年。听到我的年龄，人们的反应会比以前更微妙。太好玩了。

---

[1] 源自牙买加的一种流行音乐。

节省能量的日子

-

我想，应该是我长大了。

对工作逐渐产生了责任感和进取心。

-

小孩子为什么喜欢毫无意义地跑来跑去？

我是在大学时期产生了这个疑问。那一年暑假，我在市立游泳池打工，看着那些来游泳池玩的小朋友，我突然纳闷起来。我们这些救生员每天都要声嘶力竭地提醒他们："不能在游泳池旁跑来跑去！"那些小孩子仍然闷着头，拼命地跑，每次都会跌倒，膝盖流着血，哭着来要创可贴。昨天还跌得很惨的小孩子，第二天一大早就又一路"跑"向游泳池。

回想起来，当时我刚满二十岁。不久之前，还因为在走廊上跑被老师骂，一转眼的工夫，就已经无法了解小学生的想法了。

市立游泳池里只有一个二十五米见方的游泳池，既没有滑水道，也没有人工波浪，只有一个四四方方的水池。那些小孩子从上午九点一直玩到傍晚五点（大部分都住在附近，中午回家吃完午饭后，又会跑来），跳进水池里，只是抓住其他小朋友的腿打打闹闹，没有一个孩子乖乖地练习自由式或蛙式。游泳池畔既没有海滩椅，也没有遮阳伞，完全没有阴凉的地方。这些孩子在炎炎烈日下跑来跑去，或是跳进水里，溅起阵阵水花。他们一整天都拼着命玩。小孩子真可怕。

但是，我自己小时候也是如此。早晨去游泳池，就会一刻不停地一直在水中游到天黑。现在想起来，真的太不可思议了。难道不会觉得累，不会想要休息一下吗?

如今，我在健身房的二十五米游泳池里游一个来回，就已经气喘如牛地要去按摩池休息一下；去国外海滩时，只要在海水里稍微泡一下，便心满意足了。之后，就一直坐在沙滩椅上眺望大海和天空，大白天就喝着啤酒消磨时间。

听说，时下的小孩子整天沉迷电脑游戏，很少去外面玩。实际情况如何，我就不得而知了。我周遭没有小朋友，但发现许多二十几岁的人也很热衷玩电脑游戏。

几年前，我也是电玩迷，只要一有空，就分秒必争地玩起来。当装上新软件，等待“Start”的画面出现时，那份期待感很像是暑假第一天的兴奋感。

忘了是什么时候开始不玩了。之前那么热衷，为了玩电玩，可以废寝忘食，甚至抛开工作，之后又竟然会在某一天，觉得把庞大的时间浪费在电玩上太不值得了。

我想，应该是我长大了。对工作逐渐产生了责任感和进取心，我告诉自己，有时间玩电玩，应该还有其他更重要的事要做。

如果不注意自己的身体，就会对工作产生影响。除了电玩以外，我还戒掉了深夜喝酒，以及看书到天亮的坏习惯。只要一有时间，我就提醒自己“对了，要稍微运动一下”，连忙赶去健身房。

尽可能有规律，尽可能有效率，尽可能维持一切顺利，满脑子都是这些念头。

前几天，一位朋友对我说“你最近很节省能量哦”。讨厌忙碌的我向来保持从容的态度，没想到被这位朋友一眼看穿了，只能尴尬地笑着敷衍。不过，这句话却让我很受打击。

我喜欢快乐的事，为了让自己活得快乐，我选择风险高，但自由度也高的工作，然而，在不知不觉中，我开始注重“轻松的事”胜于“快乐的事”。这种态度简直是本末倒置。

我二十岁时在游泳池畔当救生员，装成熟。刚开始只是假装，但随着年岁的增长，我渐渐变成了真正的大人。不再毫无理由地乱跑，或是不计后果地热衷于电玩。在直接表达感情之前，自己会先思考一下，不再把能量耗在自己认为不值得的事上。

然而，今年冬天下第一场雪的时候，看着电视报道交通混乱的新闻，做了一个小雪人。下雪根本没有任何好处。但当我走到阳台上，抓起厚厚的积雪时，不禁回想起孩提时代的兴奋感。

虽然已经无法恢复童心，但我会好好珍惜记忆的片段。

它想要勾引我买它回家

-

但仔细鉴赏之后，

发现背后似乎隐藏着男人的野心、欲望和自私。

-

我大部分的 CD 都是顺道买回家的。我并不是在耍帅，而是对整天不是在写文字就是在看文字，过着宁静生活的我而言，根本不了解谁创作了什么音乐。所以，偶尔会突发奇想，“去买广播里听到的那首乐曲吧”，走进 CD 店里，“顺道心”就会蠢蠢欲动，把附近的五六张 CD 一起买回家。并非只有买 CD 时如此，买书、买衣服时，也会把看到的顺便买回家。这种心态很微妙，说不清到底算是合理还是浪费钱。

但 SPITZ[1] 的《帮你取个名字》不是买其他 CD 时顺道带回家

[1] 日本的摇滚乐团，一九八七年组团。

的。这是日前特地去车站前的新星堂买的，还没有拆封。以前，曾经想要顺道买这张 CD，但在犹豫良久后，最后还是作罢。对，刚好是那首《鲁滨逊》[1] 流行的时候，我去唱片行找有这首歌曲在内的 CD，在角落的位置看到了这张 CD。这家伙，想要勾引我买它回家。当时，我脑子里闪过这个念头。虽然并不是感受到了什么恶意，但猫的照片和 CD 的名字，所有的一切都刺激着我的购买欲望。我个性别扭，毫无理由地对这张用猫包装的 CD 充满警戒，最后，什么都没买就回家了。由于当时最近的 CD 中并没有加入《鲁滨逊》这首歌（我不喜欢买单曲的 CD），所以，我就不以为然地耍起个性来。

之后，我好几次都看到这张猫图案的 CD。只要 SPITZ 一出张新唱片，唱片行就会把他们以前所有的唱片都拿出来促销；我朋友家也有这张，当我们吃吃喝喝时，朋友就重复放来听，我甚至在没有音乐时，也可以哼出“兔子的机车”那几句。所以，我终于下定决心，要去把这张唱片买回家，但买回来后，至今都还没有播放过。

顺道买回来的新唱片 *Fake Fur* 我已经用快速听过了。我是外行，搞不懂音质或是旋律之类的事，但我可以感受到他们在制作这张唱片时很用心。其实，我去看过两次 SPITZ 的演唱会，看电视的时候，往往只注意到长相俊俏的主唱，和弹着像极乐鸟般五彩缤纷吉他的

[1] 一九九五年发行的单曲，也是该乐团具代表性的畅销歌曲，销售量超过一百万张。

吉他手。但身临其境地去看演唱会时，我发现弹贝斯的人体格壮硕，声音也很有男人味。我这么说可能有点失礼，但总觉得节奏队[1]和SPITZ有点格格不入。

所以，虽然乍看之下，一系列奇特的包装似乎和SPITZ的乐曲很契合，但仔细鉴赏之后，发现背后似乎隐藏着男人的野心、欲望和自私。想到这里，就不太敢拆开猫图案唱片的封套。不知道他们“成功前”的声音到底充满了怎样的野心。

[1] 指负责节奏的钢琴、贝斯等。

还我厕所

我实在太震惊了，有那么一刹那，

我还以为是“整人节目”呢！

这是几天前才发生的“新鲜事”。结束外面的工作，拖着疲惫的身子回家。我走在楼梯上时，脑子里仍然想着等一下不得不写的稿子、需要校阅的稿子和不得不看的数据，还有一堆传真和电子邮件要回。虽然肚子饿得咕咕叫，但从上个月开始，肠胃一直不太舒服，又没有时间自己煮饭吃，今天还是吃便利商店的便当好了。最近都没有打扫房间，还有一大堆衣服没洗。

上了楼梯，发现出门时明明锁好的门被打开了。不是我忘了锁门，而是门户大开，位在玄关旁的厕所门也开得大大的，水电师傅用带来的灯，把厕所照得灯火通明，还把我家的厕所搞得一片狼藉。

我实在太震惊了，有那么一刹那，我还以为是“整人节目”呢！不过，“整人节目”哪有闲工夫来整我？正当我惊讶得说不出话时，房东慌忙赶了过来，说是楼下房间的天花板渗了大量水，所以不得不在没有通知我的情况下就擅自“登堂入室”。水电师傅轻描淡写地说，经过房间的厕所地板的水管是漏水的原因，维修工程至少需要一星期。

塞满我脑海的一星期内的日程安排立刻被彻底摧毁。在思考之前，我先吼了起来。

“这怎么行？！我需要在家里工作！”

房东夫妻（老人家）听我这么一说，立刻不知所措地逼问水电师傅：“对啊，这怎么行？可不可以再快一点儿？”水电师傅说：“要把厕所的地板打掉后，才知道到底需要几天。”在一旁的装潢师傅极其冷静地说：“水电结束后，我们还要重新贴厕所的瓷砖，可能需要更久。”

重点是，谁都没有错。如果硬要怪罪的话，就应该怪公寓太老旧了。但我到底该怎么办？

不仅厕所出了问题，连我也出了问题。“这可不行！这可不行！”我重复着相同的话足足有三十分钟。说着说着，渐渐感到累了，最后，我的嘴巴自顾自地说出了这句话：

“好吧，我回娘家一星期……”

房东夫妇和水电师傅一听到这句话，表情立刻灿烂起来。你们这些人！虽然我心里这么想，却连对他们生气的力气也没有了。

我的不安和愤怒无处宣泄，忍不住向一位较年长的朋友诉苦，没想到对方很若无其事地说：

“这种事很常见。”

原来如此。这个世界充满了不合理。我取消了一星期内所有的约会，垂头丧气地把校对稿、数据和笔记本电脑装进了行李箱。

日常的我 3

-

四十岁后，会突然变得很有精神，

也会很幸福。

-

我三十六岁了。很微妙的年龄。较我年长的友人 Y 小姐说：“三十多岁时，无论身心都很痛苦。会很辛苦哟。”她的预言比诺查丹玛斯[1]的还准。如今，我在各方面都真的很辛苦。

发际处若隐若现的白头发，已经无法称为少年白，眼睛下方已经绝对少不了眼霜和遮瑕膏。但更让我在意的是，这阵子一直疼痛不已的牙龈。我当然已经去看过牙医，牙医说：

“没什么问题。疲劳和压力症状都集中到了牙龈。应该是你体质太弱的关系。”

[1] Nostradamus，十六世纪法国著名预言家。

果然如此，现在的体力还不如小学生。几个月前，我中了邪似的去爬高尾山，深切地体会到了这一点。这座山连小孩子都可以轻轻松松地爬上去，我却因为贫血而昏倒了，回家后，连续三天，连走路都困难。

虽然和几年前一样，每天早晨八点之前就起床，但问题出在晚上。在起床经过十二个小时后，即使只在房间内写稿，也会觉得筋疲力尽。如今，哪里还有人晚上九点就上床睡觉的？这个人就是我。幸好，我的职业允许我这么做，我可以尽情地大睡特睡。趁白天有体力的时候工作，之后，就可以想睡就睡。由于目前的状况就是如此，曾经让我喝到惹人厌的酒，已经很久没沾了（只要一喝酒，身体就会不舒服），晚上则乖乖地喝茶、看电视。可见，人是会改变的。

由于基础代谢比以前衰退了，开始试着做伸展操，也试过快步走，但都无法持续。很难相信自己之前还去过健身房和游泳教室。难道我三十六岁就已经出现更年期障碍了？会不会太早了？但仔细思索一下，我出生的时候，刚好是防腐剂或农药之类盛行的时代，我们是在那种环境下成长的第一个时代，我隐隐地觉得，原因很可能就出在这里。

诺查丹玛斯曾经预言，今年（一九九九年）是恐怖魔王降临人世，导致人类灭亡的年头。在这个大预言流行时，好像还拍成了电影（我已经忘了内容），当时，我还是个小孩子，从电影院里走出来，呆然地屈指计算着地球末日，感觉前途茫茫，“那时候，我三十六岁了。应该已经结婚，有两个小孩子。当发生地震和海啸时，我一定会优先保护小孩子”。我真的这么想过。至今仍然记得，当我从横滨马车道的电影院里走出来时的忧郁心情。对还是小孩子的我来说，三十六岁简直是一百年以后的事，想到将经历各种快乐、痛苦，克服各种障碍活下去，心情真的会阴沉起来。用时下流行的话来说，就是“超烦的”。

孩提时代所描绘的未来和现实对照，其落差之大，连我自己也感到有点不知所措。我不仅仍然单身，也没有孩子，以后也没有生孩子的计划。今年夏天，即使恐怖魔王降临人世，也没有人需要我保护；我没有自己的房子，不怕受到地震或海啸的危害。娘家可爱的猫在两年前已经寿终正寝了，现在，我几乎很少回娘家。

好寂寞。虽然寂寞，却也轻松。虽然轻松，但想到今年夏天将孤独地死去，难免对自己选择的人生无法释然。如果我没有写小说，现在应该是一个有两个孩子的三十六岁家庭主妇（但也不一定）。

有生以来，自己的第一本书问世时，令我觉得“从今往后，人生将大不相同”，对此，我抱着七成的欢喜，三成的担忧。据说，当三天艺人，就一辈子都放不下了；（真的吗？）只要写过一本书，之后就只能在写作的路上勇往直前。三成的担忧就是来源于此。从十一年前的那一刻开始，我的脑海里随时都挂念着“下一本书”。无论约会、血拼、旅行、看书、看电影和喝酒，归根结底，都是“为了下一本书”。

这种人怎么可能结得了婚？相反地，连自己吃的三餐也越来越简单了，每天都简单地应付三餐，根本懒得去考虑身体的事，结果，身体真的生锈了。

每天都不曾敲过比键盘更重的东西，电话也都设定成录音机，忘在朋友家的雨伞已经过了一年，至今还没去拿。

我觉得不应该这样。许多事似乎都超过了自己的负荷。如果恐怖魔王从宇宙一边撒着网，一边从天而降的话该怎么办？

所以，最近，为了找回健康，我在房间里贴了很多张标语，“开始做伸展操”“隔天练习快步走”“使用齿间牙刷认真刷牙”“肚子饿了也不能去便利商店买东西打发，要去蔬果店”。

年长的朋友Y小姐说，四十岁后，会突然变得很有精神，也会很幸福。我对此抱着一线希望，鼓起勇气，迎接二十一世纪的到来。

错在啤酒

饮酒日记

一九九九年三月二十九日

我获得了吉川英治文学新人奖，在颁奖典礼前夕，讲谈社书籍编辑部的成员为我举行庆功宴，我们去了新宿凯悦的日本料理店。要喝什么？当有人这么问时，我说："热的日本酒。"对方一脸纳闷："啊？"我在心里暗叫，完了。这种时候，应该说"先来点啤酒吧"。于是，我只好自圆其说："口渴的时候，喝一口热热的日本酒，不知道有多赞。"虽然有一半是实话，但另一半的理由，是在饭前喝了啤酒，一下子就撑饱了，根本吃不下饭。吃了很高级的日本料理和两盅日本酒。应该很贵吧，谢谢招待。回到家里，口好渴，就喝了啤酒，半夜胃疼醒了。

四月九日

终于到了吉川奖颁奖典礼那一天。出人意料地，我竟然没有紧张。《小说现代》的K先生来接我，他比我紧张多了。在咖啡店时，我点了红茶，K先生点了啤酒，大口大口地喝了起来。我们来到颁奖典礼的会场，向许多前辈低头哈腰，我完全没有真实感。一定是因为太紧张了，大脑擅自封闭了真实感的盖子。举行颁奖典礼时，我四处寻找熟悉的面孔。双亲、兄嫂和角川书店负责我的编辑H君，都一脸担心地看着我。

颁奖典礼和第一轮庆功宴终于顺利地结束了，从第二轮庆功宴点红酒开始，我就发现自己脑子里的那根弦出了状况。庆功宴有大约四十个人参加，我竟然认识所有人，这实在是一种不可思议的体验。第三轮去银座的酒吧时，历代吉川新人奖作家，以及许多编辑都到场了。深夜两点左右，我发现自己脑子里的那根弦已经绷到极限，终于"啪"地断掉了。当看到一名光头的芥川奖作家正和店里的小姐说着黄色笑话傻笑时，我忍不住吼他："吵死了！闭上你的嘴巴！"酒吧里的空气顿时凝结，这也是那一天最紧张的时刻。凌晨四点一回到家，我就倒头呼呼大睡。

四月十日

上午十点，我突然醒了过来，却因为宿醉、胃痛和精神上的消沉的关系，根本起不了床。喝得酩酊大醉时，虽然那一刻很快乐，但第二天必定会自我厌恶到想要一死了之。我躲在被子里抽抽搭搭地哭了一整天，傍晚时，酒精终于都代谢掉了，泡了个澡，浑身舒畅，心情也快乐起来。大学时代的朋友刚好来我家附近谈事情，打电话邀我一起吃晚餐。真会找时间。我们约在附近的居酒屋，再度灌入好不容易才代谢完的酒精。这位朋友是电视台综艺节目的制作人。虽然头衔很好听，但工作比我累好几倍。他今天也自我激励着“爱拼才会赢”。他是个饱读群书的“读书家”，我看了他的书单，嘴里说着“很好，很好”地敷衍着他。他还是和以前一样，老是看一些莫名其妙的书，但他的书单里也包括了《恋爱中毒》，所以我决定原谅他。这一顿饭的账是由富士电视台付的。

四月十四日

我受女性杂志 *an · an* 之邀，和林真理子小姐进行对谈。有生以来，第一次让专家帮我化妆和做造型，我似乎变了个人。我很紧张，真理子老师很亲切。由于不太适应，自己一下子就累垮了，很想尽快一个人独处。我拒绝了出版社的邀请，直奔到家附近的荞麦面店。情不自禁地点了一盅热日本酒，一个人“干啦”。看着 *an·an* 的人给我的测试用拍立得照片，独自笑嘻嘻地喝着热日本酒。果然，一回到家，我就觉得口渴，又喝了啤酒。

四月十六日

从上午开始，我就在接受名为 *Domani* 的女性杂志的采访。他们特地订了凯悦的房间，把我吓了一大跳。半年前，这根本是难以想象的事，此情此景，不禁令我感慨万分。采访结束后，角川书店的人在凯悦的New York Grill请我吃午餐。昨天刚好完成了一本短篇小说，于是，大家大白天就开始喝红酒。很贵吧，谢谢招待。之后，我去高田马场，找我熟悉的医生看病，告诉医生“最近胃好痛”，医生给我开了“Gasuta 10”[1]。

四月十七日

为了消除日益累积的压力，我去了位在蓼科高原的休闲饭店。和非工作关系的朋友，总计六个人一起去的。在游泳池和SPA尽情玩了三个多小时，晚上玩名为“Jenga”的俄罗斯方块计算机游戏。在热衷玩“Jenga”时，三个人（另外三个人滴酒不沾）喝干了一瓶红酒、一瓶日本酒。当然，也喝了啤酒。

四月十九日

我去参加了泽野仁史先生个展首日的派对。和泽野先生的女儿小Y好久没有见面了，不停地喝着杯中的红酒，喝得醉醺醺的，又直接去和角川的H君见面。之后，在银座的葡萄酒店和钢琴家谷川贤作先生见了面。谷川先生的制作人对葡萄酒很内行，特地选了瓶好酒，我却食不知味地猛灌自己。或许是因为我根本不想了解

[1] 日本山之内制药厂的一般肠胃药。

葡萄酒，我只知道好喝或不好喝，所以，不需要给我喝太好的酒。贤作先生和我的心情都很 High，决定要去继续喝，就去了银座一家很有情调的酒吧。在那里喝了印度产的黑兰姆酒（Dark Rum）。其实，那时候我就开始口渴了，回家后，又开始喝啤酒。果然，半夜又胃痛得醒了过来。

日常的我 4

-

如果刻意努力的话，应该可以增加次数。

但我知道这不是无限的。

-

我又搬家了。长大以后，这是第五次搬家。这次的房子是因为屋主调到外地工作的关系，约定只租三年，所以，三年后，我要再度搬家。儿时的朋友生气地骂我，说她已经搞不清我的地址、电话号码到底是哪一个，但我应该还会继续搬家吧。搬家好快乐。

在有生之年，还要搬几次家？如果逞强一下，想搬几次，就可以搬几次。但在这次搬家时，我第一次感到疲累。想到又要从头开发书店、图书馆、餐厅、小酒馆、美容院和牙医所，就有点提不起劲来。以前，向来认为这是搬家的乐趣。虽然还无法接受扎根在某个地方的屋檐下，到死之前，都看着相同的墙壁、相同的天花板，去同一家书店、图书馆、餐厅、小酒馆、美容院和牙医所。但或许我已经渐渐变得脆弱了，想要在这里住上十年再搬家，也想养只猫。真希望这个房子的屋主十年都不要回来。

今年（一九九九年）十一月，我就三十七岁了。或许，在不知不觉之中，自己已经走过了人生的折返点。这种懒洋洋的心态难道是岁月留下的痕迹？让我觉得搬家是一种快乐的事还能有几次？第一次深刻体会到，人生看似漫长，却是如此短暂。

恐怖魔王降临的夏天也结束了，诺查丹玛斯们也偃旗息鼓了，我决定至少要在这里安安静静过三年，让身体维持稳定的状态。一年前，身体差到根本不想去看医生，但今年夏天，精神已经好很多了，也愿意去医院看病了（有点颠倒了吧），生平第一次做了全身检查，浑身上下没有一点儿毛病。虽然胃像平时一样隐隐作痛，但医生一开口就说："你的胃好漂亮！"看来，所谓的不舒服，只是我的心理作祟。

听到自己浑身没有一点儿毛病，心里放下了一块大石头，一个人看了一场久违的电影，是《星战前传Ⅰ：魅影危机》。幸好是一个人去看的。因为，我竟然哭了。电影情节并没有那么感人。我没想到自己这么多愁善感。

事情是这样的。我看电影简介上写，乔治·卢卡斯是在二十二年前拍摄了第一集《星球大战》。当时，我十四岁。再过十年，才能拍完六集的完结篇（假设一切顺利），那时候，我已经四十六岁了。我手上的电影简介上并没有写乔治·卢卡斯的年纪，想必在拍完完结篇后，他认为自己完成了毕生事业。

但是，且慢。或许是我记错了，在推出《星球大战》第一集时，我记得乔治·卢卡斯说过："这是三部曲，总共会拍九部，现在即将开始拍摄的是最中间的三部。"对不对？我记得他有这么说过。

虽然可能是我擅自认定有这么回事，但从小就认为《星球大战》有九部。世界上应该有许多人都这么认为。我希望有这么一位天才的新锐导演，可以继承乔治·卢卡斯的遗志，（我怎么把乔治·卢卡斯给杀了？）并响应世界各地《星球大战》迷的心愿，继续拍摄完结篇的七部曲到九部曲。即使真的会实现，也一定会吵得没完没了，甚至不知道自己能否活到看最后一集。哇噢，打击太大了。虽然我不是《星球大战》的忠实影迷，但就好像漏看了《明日之丈》[1]最后一集一样，让人感觉很懊恼。

一开始明明说好要拍九部的（我还死咬着不放），乔治·卢卡斯可能认为自己必须有所放弃，认为自己最多只能拍出六部满意的作品。虽然这是富有诚意的英明决定，但想到拍摄者无法拍出九部电影的现实，以及即使真的拍了九部，和我相同年龄层的观众，也不知道能不能全部看到，不禁泪如泉涌。

即使是拥有庞大的制作费、超一流的工作人员，自己本身也富有才华和资本的非凡电影导演，也会有不得不放弃的时候，其他凡人在有生之年，能够做到的事更加微不足道。人生太短暂了。真的

[1] 中国台湾译为《小拳王》，描写拳击故事的长篇连环漫画。

是一眨眼的工夫。连那么可爱的阿纳金[1]天行者都会变成达斯·维达。太不合理了。

虽然觉得时间要多少有多少，但自己到底还能写几本小说？我把自己和卢卡斯相提并论本身就犯了极大的错误，也太傲慢了，但我还能写多少部像他那样“重质不重量，让自己满意的作品”？只有年轻人觉得自己充满无限可能性，这是年轻人的特权，但其实是十分有限的。不仅是工作，还有多少时间能够让我做自己喜欢的事?

无论搬家的次数、写小说的数量，或是悠闲地度过的宁静午后，如果刻意努力的话，应该可以增加次数。但我知道这不是无限的，所以，更激发了我“绝对不做自己不想做的事”的任性态度。

新作《落花流水》就是这样的一本书。

[1] 阿纳金是《星球大战》中的重要角色，后被赐名达斯·维达。

想要遗忘

-

有朝一日，

也希望自己可以忘记以往的一切。

-

不知道各位有没有看过畅销书《老人力》？在听别人谈论或是看电视后，你是否觉得自己好像已经看过了，认为“应该是在说这些事”？

我也是其中之一，今年（一九九九年）年初，将该书列为资料之一，实际看了以后，感到十分震惊。以前就是赤濑川先生《真相不明》系列的书迷，但《老人力》这本书真的让我捧腹大笑。

当看到书中以下章节时，我深有感触。

“越努力想要忘记，就越无法忘记。虽然可以努力记住，却无法努力忘记。在睡觉和忘记的问题上，努力都派不上用场。但人还是每天睡觉，每天忘记。”

赤濑川先生，你的见解太精辟了。

我的个性很斤斤计较，对芝麻小事，尤其对不愉快的事，会一直耿耿于怀。我对自己也束手无策，无奈之下，干脆反向利用这种不良个性开始写小说，连本带利捞回来。但有时候因为生气、悲伤、愤怒或怨恨而夜不成眠时，会觉得“算了，干脆忘得一干二净”。然而，如果真的忘得一干二净，就无法工作了，所以，这个梦想至今仍然无法实现。

几年前过世的祖母，在晚年得了阿尔茨海默病，让家人疲于奔命。但在已经分不清谁是谁的祖母病榻前，我们曾经很不孝地说“阿尔茨海默病的人真幸福，什么都不用思考了”，但最近我却觉得，这句话还蛮有道理的。

有朝一日，也希望自己可以忘记以往的一切，可以像猫一样，每天重复着三餐、打瞌睡和排泄，毫无烦恼地走向死亡。为此，我现在必须拼命工作，存足进养老院的钱。

难以启齿的职业

那个人称我为“老师”，

言谈举止中，都把我当作家看待。

喜欢的作家是村上春树和吉本芭娜娜；兴趣是血拼和旅行；周末都在约会，希望可以早点结婚；虽然想要搬出来住，但没有足够的钱。我的工作只是一个打杂的粉领族。这就是二十四岁的我，我很清楚，如果说“我想要写小说”，不是被人嗤之以鼻，就是要听一番说教。所以，这句话从来没有对别人说过。

即使现在，我也很佩服自己真闯出了名堂，而且，还撑到了今天。从客观的条件来看，一个对文学一窍不通，也从来没有考虑过小说到底是什么，只是漠然地觉得从粉领族走向家庭主妇，就这么终其一生太无聊了的人，这种把事情想得太天真的人，怎么可能成为小说家？

原本不可能成为小说家的人，也在这一行混了十二年，我开始觉得，只要努力，还可以靠这份工作养活自己几年。未来无法预测，而且深切体会到，“自己最了解自己”的想法根本是大错特错。

我在许多文章中都提过，当初自己是以写少女小说出道的，之后，虽然转向通俗小说，但花了好长的时间，才终于做到可以靠写小说养活自己。在写小说的同时，还打过各种不同性质的工。之所以无法静下心来，长时间在某一个地方打工，表面上是为了体验各种不同的行业（现在也的确对我写小说很有帮助），但真正的原因，是长时间在同一个职场时，会令我十分痛苦。虽然我是打工的，但在某个职场的时间一长，总会交到一两个谈得来的朋友。从来没有告诉过别人我在写小说，但在下班后，和私下关系不错的同事一起去玩或喝酒时，总有一种莫名的罪恶感，觉得自己好像在骗人。因为，我脑子里几乎都在想写小说的事，如果不谈这件事，就觉得自己在扮演另一个人，变成一个说话吞吞吐吐的人。当关系越亲密，这种罪恶感就越大，默不作声地隐瞒不说和说谎没什么两样。而且，只要没有坦白告诉她们，和那些每天一起工作，也一起喝过好几次酒，共享快乐时光的女孩子们就无法成为真正的好朋友。

我记得，从一九九三年开始，我就没有再打工了。原因当然有很多，其中之一，就是发生了这样一件事。当时，刚停止写少女小说，几乎没有大型出版社向我邀稿。有一天，某家老字号出版社的人打电话给我，说想要和我见面。虽然我不认为这次见面和工作有什么直接的关系，但仍然满心期待。打工结束后，来到约定的咖啡厅。结果，那个人称我为“老师”，言谈举止中，都把我当作家看待。当时，我内心的羞愧和窝囊无法用言语来形容，好想钻入地洞消失。三十分钟前，还在为时薪八百日元受人指使的我，听到别人叫我“老师”时，怎么可能高兴得起来？我被这种心情的落差打败了。

辞去了工作，搬回娘家，用心写《你有家可回》这本小说。已经下定决心，如果这本书还卖不好，也不会再打工，而是要重新找一份正式的工作了。结果，这本书虽然不叫座，却很叫好，所受到的评价简直让我从麻雀变成了凤凰，出版社的邀稿也渐渐增加，终于不必重新找工作了。当我把真相告诉以前一起打工的女孩子时，她们笑着说“被你骗了”。虽然有点画蛇添足，但我目前喜欢的作家，仍然是村上春树先生和吉本芭娜娜小姐。

我还在不断尝试

-

我也将在不断尝试中累积经验，

使每个进来的人都可以度过愉快的时光。

-

我的电子邮件使用史刚好三年了。当时，笔记本电脑还很贵，我是用巨大的台式电脑开始了自己的电子邮件生涯。三年后，客厅的台式液晶电脑专门用来应付电子邮件和上网，写稿时，则用书房的笔记本电脑。日前，我开设了个人网站，今后，我使用网络的频率应该会增加。

如今，在我周遭的人，几乎很少有人没有电子信箱。许多人虽然自己不想，公司却半强制性地发了一个电子信箱。

太方便了。由于我在写稿时无法接电话，所以，我一直很感激传真机的普及，但电子邮件的普及简直让我感激到有点害怕。从三年前开始收发电子邮件，说起来，应该算是起步较早的。虽然和那些从计算机通信时代就开始的人相比，我的资历还很浅，但普罗大众利用电子邮件作为联络和沟通手段，也不过是最近才开始而已。

刚开始时，只要一收到邮件就让我欣喜若狂，回信也觉得是一件“快乐得不得了”的事。所以，常常情不自禁地长篇大论。现在回想起来，这实在是大大的失策。或许有人不在意，但除非有特殊情况，否则，太长的邮件会给对方造成负担，也很愚蠢。时间一久，邮件的数量逐渐增加，如果一一回信，就会耗掉一整天的时间。

我刚起步时，有一位朋友比我更早开始，她和情人每天互通电子邮件。但她渐渐觉得勤于写信的男朋友的邮件简直是疲劳轰炸，于是，对方寄三封来，她才回一封，结果，她男朋友很生气，骂她“收到邮件却不回，太没礼貌了”。

收到邮件就一定要回吗？这是个很难答复的问题。对我来说，如果是工作上的邮件，即使内容再冷淡，也要立刻回信，但如果是朋友之间的近况报告之类的内容，就不需要那么急回信。由于每个人使用电子邮件的态度不同，导致了电子邮件可以成为减轻负担的方便工具，或是由于太投入了，也导致耗费一整天，是浪费时间的麻烦事。

不知道是否因为电子邮件属于一对一的亲密东西，电子邮件常常可以使一个人隐藏的部分表现出来。刚开始，对见面后感觉很文静的人写电子邮件时往往变得很长舌或是能言善道的人写的邮件很冷淡时，曾经感到困惑。但渐渐发现，在电子邮件里，可以写出当面很难说出口的事，或是在电话中很难启齿的事，可以让人卸下身为社会一分子时所戴的假面具，或是为人戴上另一个假面具，这让我觉得十分有趣。想要正确传达语气的人，往往会频繁使用图释。

如今，已经进入了小学生在学校里也学习上网的时代。不知道学校的老师会不会教学生“接到的所有邮件都要回信”。

电子邮件的历史还很短。日本人将在不断尝试中，建立属于电子邮件的礼仪规范。网站和一对一的电子邮件不同，网站就像咖啡店，无法选择进来的客人。我也将在不断尝试中累积经验，使每个进来的人都可以度过愉快的时光。

独处的理由

-

我预感到，从今往后，

我仍然会独自生活在一片平坦的东京。

-

我喜欢独处。

这既不是逞强，也不是自暴自弃，更不是自闭，虽然感到有点难过和抱歉，但我最喜欢独处的时光。

以前，曾经告诉自己，自己的职业并没有那么特殊，但在当今的日本，能够“一星期中，只有两小时和人见面”的工作，应该属于特殊的范畴吧。而且，我过着完全的单身生活，平时也没有人来我家里住。电话的铃声始终调在静音的位置，除了真有急事的人会打我手机，响起手机铃声以外，其他时候，我都悄然无声地过日子。这么写下来后，我才发现自己好像很异常，很古怪，实际应该也差不多吧。

曾经有人问我："你不会感到孤单吗？"问的人并没有真的当一回事，所以，我通常会敷衍地回答"有时候也会孤单"。然而，真正感到"孤单"的并不是独处的时候，而是和一大票人在一起的时候。尤其当大家言不由衷地聊天时，常常让我觉得"我到底在干什么？"好想早一点回到家里，卸完妆，换上睡衣，享受独处。好想躺在温暖、柔软的床上。

我一年比一年喜欢睡眠和入浴。其实，这两件事都是一个人做的事。虽然没有人监视我，但我坚持早起的原因，就是因为想要在一天结束时，好好地享受泡澡和睡眠，就像忍着口渴到最后一刻才喝啤酒一样。或许有点夸张，但早早起床，做完工作后的泡澡和睡眠，简直是黄金时光。所以，我早早起床，做完工作，为了至上幸福的夜晚，洗好浴缸，铺好床铺。写完稿子，偶尔因为工作外出，天色暗下来后，告诉自己"今天结束了"，关掉笔记本电脑的电源时，幸福的夜晚就来临了。慢慢地将身体浸入热水中的那一刹那，用干爽的毛巾擦拭身体的那一瞬间，喝下一整杯冷开水的时刻，拿着书，钻进铺好的床铺的那一刻，有一种难以形容的幸福包围着我。虽然和别人共同生活，或许也可以做相同的事，却无法细细咀嚼这份微不足道的幸福。

在养成早睡早起的习惯后发现，当我停止晚上工作后，根本不需要夜光灯。虽然以前没有认真考虑过这个问题，但夜晚的东京之所以像个不夜城，都是那些灯火通明的夜光灯的杰作。充满白色照明、悬在半空中的办公室，以及霸占着夜晚住宅区的便利商店四方形的灯光，简直就像是浮幽。

我已经远离人群，变得越来越古怪。今年冬天，和一位女性朋友同居了三个星期。这是我生活中的大事。这位住在博德[1]的女性朋友辞去了工作，我邀她趁此机会来东京玩玩。虽说是朋友，但她比我小十一岁。我去博德玩时，我们曾经在旅行时一起住过几晚，但老实说，我还是很担心，不知道我们是否合得来。幸好，那最后成为我近年来难得的快乐而宝贵的三个星期。

这是二十六岁的她第三次来东京，第一次是毕业旅行，第二次只去了迪士尼乐园，因此，这次几乎是她第一次住在东京。由于我希望她不必在意时间的问题，想住多久就住多久，所以，我尽可能维持原有的生活步调，她睡在和室，有时候会协助我的工作，帮我把窗户擦得干干净净，也去美容院改变了发型，还看我家的漫画到天明。她一个人去涩谷、新宿、池袋、浅草和上野，对路上硬性推销的人火冒三丈，又去 Matsumoto Kiyoshi 药妆店（博德好像没有）买了一大堆化妆品回来。

虽然我懒得出门，但还是和她一起去了许多地方。新宿 Alta、摩天大楼的展望室、池袋的旧电影院，以及杂志上刊登的很受情侣档欢迎的日本料理店、台场的摩天轮、维纳斯堡[2]、富士电视台。从东京车站搭舞子号，去距离一小时车程的真鹤温泉，都是一些想去随时可以去，却一直没有机会去的地方。

---

[1] 九州岛的城市。

[2] Venus fort，位在台场，模仿中世纪欧洲街道的购物中心。

这些日子里，我深刻体会到“别人和自己不一样”这个太理所当然的道理。我和她看的电视节目不同；看书的速度不同（她看得比较快）；去超市买回来的食材不同；早餐吃的食物不同；脚的温度不同（她不需要电热毯也可以睡得着）；一到晚上，她会打开夜光灯。她会煮饭，可以轻松地做出营养均衡的家庭料理。去温泉时，最少泡三次澡。

虽然我们在任何事上都不同，但我们在一起最快乐的是，可以脑袋空空地看着电视；聊一些无关紧要的话；看同一本小说杂志后，讨论谁写得最好，谁写得最烂。家里有一堆去年我获得文学奖时，别人送我的许多香槟，我们把香槟放进冰箱冰过后，两个人睡前喝，为一些无聊的事哈哈大笑。

对年轻好玩的她来说，一定觉得从不去卡拉OK，只吃少许食物，只喝少许酒，讨厌晚上出门，在零点之前上床睡觉的我，绝对是个不称职的玩伴。我在她那个年龄时，最喜欢逛夜店，吃得多，喝得更多。即使不出去玩，夜光灯也会开一整晚，工作到天亮或是看书到天亮。

她对东京这个城市的感想，就是“四周一片平坦，看不到一座山，感到很惶恐”。原来如此，虽然关东平原有微妙的起伏，但毕竟是日本最平坦的地区。坐在“百合海鸥号”[1]上眺望东京时，发现摩天大楼建在和海平面相同高度的地方，假设发生轻度的海啸，

[1] 前往台场的交通工具。

就会立刻毁于一旦。在前往真鹤温泉的途中，她看到山比看到海更高兴。当她看到茂密的深绿色小山丘上硕果累累的橘子，和温泉附近梅花盛开的园林时，发自内心地感到平静。

离开东京的那一天，她说很难过，依依不舍地哭了。但她也说，博德虽然和东京很相似，但她应该无法在东京生活。

我也很难过，当时，突然想到，我应该不会再回去从小长大的横滨了。横滨有山、有绿树，也有大海。但我预感到，从今往后，我仍然会独自生活在一片平坦的东京。

就好像一直忍着不喝水直到口渴一样，就像为了晚上睡得香而早起工作一样，或许是为了偶尔和别人见面时，能够愉快地相处，才在平时享受独处。温泉虽然很棒，但如果整天住在温泉饭店就会感到腻。温泉饭店是为了让人偶尔去休息的。

明天黎明，我应该还是会在寒风料峭的阳台上抽烟，才能使在温暖房间里喝到的咖啡更香郁，更温暖身心。我会一直住在很难称得上美丽的东京。

练习自由

-

大学是踏上社会的准备阶段，

不妨在那里充分练习如何使用自由。

-

我毕业于经济学院经济系已经十四年，如今，靠写小说维生，但在学生时代，压根儿都没想到自己会涉足文艺的世界。更何况小时候最不喜欢国语课，虽然喜欢写日记或是写信给同学，但对教科书上的文学作品从来不感兴趣。只能勉强地说，对“人心”颇感兴趣，所以，始终想要读心理系，哪一所大学都无妨。但当时有人对我说（我忘了是谁说的），考这种科系的话，找工作时根本派不上用场，如果不想名落孙山，不妨选择一个招生人数多的科系。听他这么一说，自己很快就改变了主意。但选择经济系并不光是为了“派上用场”或是“招生人数”的关系。我认为，市场牵涉到很多人的心，所以，学习有关市场的知识或许会很好玩。

至于在大学到底有没有学到市场经济（很可能会挨骂），老实说，根本没怎么读书，每天都沉溺在当时、当天想做的事中。虽然这并不值得自夸，但我绝不是一个好学生。上课也谈不上认真，成绩更是惨不忍睹。我这种人能够毕业，根本就是奇迹。

但我每天出现在校园的时间很长。早晨到学校后，通常会一直耗到太阳下山。学校里有学生食堂、中庭、图书馆、社团活动室、大厅和会议中心，许多地方都可以停留，时间一下子就过去了。而且，不需要向任何人打招呼（当然，除了上课时间以外）就可以随时进进出出，让我感到自由而舒适。

初中、高中六年期间，受到制服和频繁举行的考试束缚。在狭窄的校园中，在狭窄的校舍中，在狭窄的教室中，挤满了同龄的学生，即使想要独处也是枉然。放学以前，不得踏出校门外一步，更令我感到压抑得喘不过气来。当我走进人口密度低、自由度高的大学后，觉得仿佛来到了天堂。想要找人的话，可以去同学聚集的场所；想要独处时，可以去图书馆。

想要学什么？将来想要从事什么工作？为此，现在该做什么？大学时代，必须考虑这些事。然而，我在大学时代，几乎什么都没有思考。

这和我参加相声研究会这个略微特殊的社团活动也有一点儿关系。那时候，排满了一个接一个的行程，杂务和聚餐（这是最多的）也很多，结果，由于很多地方都要用钱，所以，我必须去打工。学校放的长假几乎都耗在打工和合宿露营上。还要抽时间和朋友一起玩、谈恋爱，在正职的课业方面，至少做到了修满学分。在这样的生活中，我从来不曾感到无趣。现在虽然可以轻松地说一句“这样也很好”，但在当时，经常被父母骂得狗血淋头。读高中时，父母从来没有管教过我的素行，没想到，他们帮我出了大学学费，我却整天在玩，想起来，真的愧对他们。

然而，在踏入社会之前，走进大学这个开放的环境读四年书，真的是意义深远。在社团活动中，一直想要克服的畏缩和紧张的毛病，也获得了很大的改善，自己已经学会了用平和的态度对待每个人。

毕业前，从来没有考虑过将来的事，不知道是不是像之前某人说的“派上了用场”，总之，我决定找工作。至于要做什么，其实根本无所谓。反正，我想要工作，想要独立。

成为一名普通的事务员后，在工作的同时，我得以慢慢思考“真正想做的事”。四年的大学生活让我学会了一件事：“不想做的事情就不要做，只做自己想做的事。”但这是一把双面刃。所谓的自由，当然也包括了无法无天的自由。但如果认为自己只要和别人一样，就可以高枕无忧，那就一辈子都无法脱下制服。

社会是个自由的环境。但如果不懂得如何使用自由，就会变成一个听命行事的机器人。大学是踏上社会的准备阶段，不妨在那里充分练习如何使用自由。

爱和性的不确定性

-

虽然爱具有不确定性，

但爱却是存在的。

-

以前，不知道是否有过某个时代，爱和性具有确定性？从今往后，是否将迎接一个可以发现爱和性的确定性的时代？应该不曾有过吧。未来也不会有吧。

虽然很肤浅，但只要想一下，就会发现这是理所当然的事。尤其在人心的问题上，根本不存在所谓的“确定”和“绝对”。虽然在数学和物理的世界存在，但关于人类这种动物，唯一的“绝对”，就是每个人都会死。

既然如此，为什么人会拘泥于爱和性的确定性？只要仔细想一下，就会发现这个问题的答案很简单。正因为人绝对会死，所以才害怕死亡；正因为不可能获得绝对确定的爱情，所以才会产生极大的不安和苦恼。

消除不安的最好方法，就是避免思考这个问题。人心具有回避危险的机制，除非已经老态龙钟，或是身体、心理生了病，否则，不可能每天为死的问题痛苦、烦恼。相较之下，人们从年轻、健康的时候就开始烦恼爱和性的问题，通常会产生疑问“或许既不确定，也不绝对”，一旦开始烦恼，就永远没有止境。所以，在工作和日常生活中，人们都会无意识地陷入这样的烦恼。我当然不是对此抱着批评的态度，但如果说“自己一整晚都在烦恼爱和性的不确定性，早上才会睡过头”，这甚至无法成为迟到的理由。

如果在达到“爱和性没有绝对”的结论前就停止思考，当看到幸福的人出现在自己眼前时，就会觉得坐立不安。

就好像世界上偶尔会出现绝世美女、美男子，或是常人无法理解的天才一样，有时候，也会出现“看起来像是具备了爱和性的确定性”的情侣。人们会赞扬这种自己可望而不可即的美貌、知性和看似永恒的爱，艺术也因此诞生。但放弃自己思考的人，就无法冷静地鉴赏，内心会激烈起伏，以为自己虽然无法获得旷世美貌和头脑，却可以凭自己的努力获得“确定的爱和性”，完全没有发现自己的渴望根本是“缘木求鱼”，于是，就会展开漫长而严酷的心灵之旅。

我虽然认为“爱和性不具有确定性”，但是，等一下。爱和性并不是同一件事，根本是两码事。两者有着密切的关系，然而，这个世界上的确存在着没有性的恋爱关系，没有爱的性行为充斥着这个世界，多得就像走在闹区时，别人硬塞到你手上的纸巾。

爱到底是什么？这是一个高难度的命题。性还比较容易理解。不单指性行为本身，当内心涌起“啊，我好想和他牵手。”这种淡淡的好感也是性欲的第一步。还是说，这就是“爱情”的第一步？如果说，性欲和爱情在相同的起点出发，那么，迟早会在某个地方分道扬镳。

从感受到最初的淡淡性欲（爱情），到真的牵手、约会以及性行为的过程中，大部分人都会不自觉地了解“爱和性的不确定性”，内心开始或多或少地感到不安，担心这份幸福和陶醉终将结束。把自己的恋爱过程，和创造出人们无法获得的“永恒的爱”的世界艺术、周遭的恋爱小说和连续剧相比较，就会产生“太好了，原来他真的爱我”或是“搞什么，只想拥有我的身体，根本就没爱我”的一喜一忧。

就像人无法避免死亡一样，恋爱也会不可避免地走向终点。然而，人类还有“结婚”的手段。虽然结婚无法确保爱的永恒，但人们之所以发誓分享彼此的人生，长相厮守，不仅可以冲淡对有朝一日必定会出现的“爱和性之死”的不安，顺利的话，还可以生下一个继承了双方基因的孩子。即使这个孩子很平凡，也可以把他/她教育成好孩子，多年之后，两个人变成像双胞胎似的恩爱老夫老妻，幸福地走完人生。这就是所谓的“幸福剧本”。

时代在不断地变迁。二十年前，如果超过三十岁还是单身，就会被人指指点点“那个人没结婚耶”。如今，社会上对三十多岁单身男女的闲言闲语已经少多了，可能是许多人都开始发现，为了消除对“爱和性的结束”的不安所准备的结婚剧本“好像根本不是那么回事”。

人类不是一百年前突然出现的。无论时代怎么变迁，女人都不再假装弱者，女人开始掌握经济和性的主导权，男人毫不抗拒地开始做家事，仍然无法创造出爱的确定性。社会的变化虽然会使爱和性发生变化，但这只是表面化的事，根本来说，人类将永远为这个问题烦恼，这也是人类的宿命。

虽然爱具有不确定性，但爱却是存在的。人类“只要努力，就可以使爱永恒”的渴望，创造出无数的剧本充斥着街头巷尾。爱虽然存在，却很短暂。虽然只有一瞬间，却是绝对存在着。所以，人会不断地爱上他人。

确定和永远根本是两个完全不同的概念，到底是谁让人产生错觉？我并没有否定那些充斥街头巷尾的虚构“爱和性的故事”。相反，我自己也靠创作这些故事维生。原来，我也是元凶之一。

像外国般心旷神怡的城市

我在札幌有一个工作室。当我这么告诉朋友时，每每会被问："为什么跑去札幌?"我生在神奈川县，从小在那里长大，目前住在东京，也难怪别人会觉得不可思议。通常，我会敷衍地回答："那里有很多朋友，再说，我和那个地方很有缘。"但这样的回答反而让对方更纳闷。

我在徒步可以走到札幌市中心（只要没下雪）的地方有了自己的房子后，收获超出了我原先的想象，我经常会去那里。札幌的闹区很集中，血拼、看电影、吃饭、美容院都很集中，不需要趴趴走。书籍、衣服和电影也和东京没什么两样，但只要稍微走远一点，就是一片雄伟的大自然。虽然这是偶尔造访者事不关己而傲慢的意见，但我总觉得没有雪的札幌很不够看。札幌的公寓里，御寒设备很完善，比东京的公寓温暖多了。我有虚冷症，经常觉得冬天更应该住在札幌。

第一次造访札幌是在上小学的时候。祖父的老家经营牛奶店，暑假时，我们全家一起去玩。他们拿出的冰淇淋好吃到简直像在做梦一样，至今仍然记得走在街上，风拂在脸上时，那种舒服的感觉。我在大学时代来过三次，踏入社会后，也来过两次，每次都对店家的人和出租车司机爽朗的性格心存好感，我也相信，这里是适合我居住的城市。我很喜欢东京，很久以前，就决定要一辈子住在东京，但有时候，会对东京这个莫大的城市、泛滥的信息和工作上的问题感到畏缩，很想找一个地方避难，找回自己的冷静和客观性。由于必须是工作关系的人无法轻易造访的距离，所以，我一开始就排除了关东地区的别墅胜地。我去过几次冲绳，很喜欢吃那里的料理，也很喜欢当地人开朗的性格，但不会开车。就算我会开车，也会因为经常喝酒而作罢。在综合各方因素后，我决定在地铁发达、书店和电影院也很充实，而且可以买到我心爱衣服的札幌买房子。

我在札幌有几个朋友，但并不是所谓的“老朋友”。我和一位比我年长、在网络上结识的女子交往后，由她带我参加了几个大型的宴会，逐渐建立起自己的人际关系。虽然每个地方都有坏人，但我在札幌认识的所有人都很爽朗，一点儿都不矫情，并且很懂得分寸，不会亲切得让人受不了。

在辽阔的北海道，我只知道札幌这个城市，想到日后将以札幌为据点，在北海道内四处走走，内心就充满了期待。虽然我还是个新居民，无法称札幌为我的第二故乡。但对我来说，札幌这个城市已经成为一块特别的土地。

我欣喜地发现，在札幌，许多女人都一个人走在街上，一个人吃饭，一个人喝酒。去国外需要能量和体力，但想要稍微休息一下，或是想要稍微写一点东西时，我常常一个人来到札幌，夹杂在当地人和观光客的人群中，尽情欣赏着这个城市。对我而言，札幌仿佛是个令我心旷神怡、“日语嘛也通”的外国城市。

长寿五分钟节目

-

可以的话，我希望在我的有生之年，

能够一直看到这几个节目。

-

最近很忙，越来越没时间看电视。去附近的 Denny's 餐厅，一边吃着早餐定食，一边喝啤酒，回来后睡个回笼觉。晴朗的午后，在阳台上喝罐梅酒，陪着猫一起懒一下。到了晚上，一边翻着邮购杂志或漫画，一边喝着威士忌和日本酒。趁空当的时候，打开搬来两个月后仍然没有减少的纸板箱，或是慢吞吞地写稿，根本没时间眷顾电视。

然而，在我的生理时钟里，设定了一个很短的节目，一到时间，我就会想起，立刻打开电视。即使我自己认为很自然的习惯，在别人眼中，却显得很怪异。因为，我无论在家里或办公室，即使和工作人员在一起，只要时间一到，就会“啊，要看天气预报，等我一下”地中断话题，一个人出神地看着电视，让别人目瞪口呆。

傍晚六点五十三分，NHK 的气象预报（尤其是平井信行先生主持的），我绝对不会错过。小时候在家里，一到这个时间，必定有人会打开电视。虽然其他时段也有气象预报，其他电视台也有我喜欢的气象节目，但我“一路走来，始终如一”，七点新闻报道前的气象报告提供了我需要的信息——也就是明天的天气。如果不搞清楚明天早晨到中午瞬息万变的天气，一不小心就会猜错。虽然我不出海捕鱼，也不去踏青，但对明天或本周的天气却很关心。严格地说，我想要了解的是气温、湿度和风力。看了天气预报后，才能够计划每天的行程，知道明天需要带伞；傍晚气温会下降，所以要多带一件外套；明、后天再洗衣服比较理想；周六、周日会下雨，不能骑脚踏车外出。

怎么样？这是哪一种操心症？我几乎每天都在家里，不是喝啤酒，就是陪猫，或是看邮购杂志，但天气预报却不可不看。来自南方的强烈高气压会让人有幸福的感觉，从西伯利亚吹来的寒流会带来冷冽的紧张感。

虽然不像天气预报那么频繁，但《宠物百科》也是我会自然而然观赏的节目之一。我不知道这个节目从哪一年开播，但应该已经很久了。由某家公司独家赞助、由猫演出的广告只能在这个节目中看到，水平很高，逗得爱猫族心痒痒的。每次只要一看到有新作品播放，就忍不住打电话给其他《宠物百科》迷。我看这个节目，完全不是为了了解爱猫相关的健康知识，而是在比较我家的猫可爱，还是别人家的猫更漂亮，那种气氛就像是好色老伯伯晃进有女客出入的酒吧喝酒一样。虽然也爱狗，但可能一辈子都不会养狗，所以，透过节目观察各种狗也是另一种幸福。

虽然常错过《世界车窗之旅》，但《新闻广角》提前在十点前开始时，除了我以外（我在某本杂志上看到过），许多人都会为之哗然，“那《世界车窗之旅》就不播了吗？”这显然是杞人忧天，如今，这个节目都固定在《新闻广角》前后播出。我不仅很少去旅行，甚至每天都生活在徒步圈内，但这个几分钟的节目会刺激我，让我想要出游。几年前，只要一有空，我就会去阿拉斯加，去印度，现在回想起来，仿佛是一场梦。

我渐渐变成一个足不出户的作家，这三个长寿的五分钟节目会吸引我“出去走走吧”。所以，可以的话，我希望在我的有生之年，能够一直看到这几个节目。

文库本的命运

-

不知道会持续受到喜爱，

还是将随着岁月渐渐被淡忘。

-

精装本文库化虽然令人欣喜，却也令人有点感伤。我不知道其他作家怎么样，但至少我是这么觉得。

除了从事这一行的人，或是特别喜欢书的人以外，我想，应该很少有人知道精装本和文库本之间的关系。我现在虽然在这里高谈阔论，但在进入这一行之前，我也搞不懂到底是怎么回事。

所谓精装本，就是最先上市的硬封面的书。通常在三年后，会推出缩小版的文库本再度陈列在书店的架子上。但也有很多例外。有些书一开始就是为文库本所写的，最近也有不少书在精装本发行一年左右，就被文库化了。

文库本不仅价格便宜，而且体积很小，方便携带。除了可以放进皮包以外，甚至可以塞在牛仔裤后面的口袋里。也就是说，文库本是又重、又硬、又贵的精装本的普及版。即使再怎么喜欢书的人，除非是“想要早一天看到他最新作品的作家”的书，否则，通常都会买文库本。我也一样。不仅有助于节省空间，即使买错了，损失也不会太惨重。另外，我喜欢一本书，就会反复看好几次。如果精装本让我觉得很喜欢，我还会再去买文库本，去旅行时，也会带在身上（然后故意忘在旅馆里）。

能够被文库化的书很幸福。因为，如果精装本卖得不好，就不会出文库本。推出文库本后，可以让更多的人阅读。

然而，书的寿命似长却短。比如，我在二十岁出头时，特别喜欢的某位作家的几十本文库本，如今几乎已经绝版了。这些红色封面被太阳晒得有点褪色的书，被整整齐齐地排在我父母家的书架上，至今我仍然会不时地拿出来看一看。我一辈子都不会忘记这些书的存在，但想到这些书再也无法遇到新的读者时，不禁有点感伤。

精装本文库化后，这本书的命运就完全交到读者手上了。不知道会持续受到喜爱，还是将随着岁月渐渐被淡忘。在二十年、五十年后仍然能够被人广为阅读的名作，只是目前在书店里泛滥的各种新书中的极小部分。衷心希望自己的作品至少可以撑到我瞑目的那一天。

致妹妹们 1

在选择伴侣和丈夫时，很少有女人不希望对方可以陪伴自己终生。情人、男朋友则另当别论，对女人来说，总希望伴侣可以陪伴自己一辈子。

穿一辈子的大衣、用一辈子的皮包、戴一辈子的腕表，通常都是比别人更勤奋工作、有某种程度的经验，在经济上也比较富裕的女人会买的东西，而且，通常是指价格令人咋舌的名牌精品，但其实似乎并非如此而已。真正能够长时间爱用的东西，往往不在价格，而在于喜欢它的设计，或是在值得纪念的日子买下以前一直渴望的东西。请你回想一下那些很久以前买的，却一直舍不得丢的衣服，那些并没有放在衣柜里“撑场面”，而是至今仍然穿在身上的衣服。

关键应该不在于价格，而是穿起来很舒服，或是穿起来很好看。

这和寻找终身伴侣十分相似。这是你走遍整条街，好不容易找到后，才买下来的。而且，虽然当初是因为喜欢而买了下来，但如果不多穿几次，根本不知道和自己的身心到底是否契合。

虽然可以笼统地概括为“选择另一半”的问题，但根本没有所谓避免失败的方法。说得肤浅一点，能不能够遇到终身伴侣根本得靠运气。这和找情人或怀孕一样，都是上天的一种恩赐。

我自暴自弃过，认为努力也无济于事。写这篇文章时，我三十八岁，还没有找到终身伴侣。我结过一次婚，有过丈夫。当时，彼此情投意合，相信一辈子可以持续这种平稳、温馨的生活。然而，不知不觉中，彼此的齿轮不再契合了。离婚后，虽然交过几个男朋友，但都以失败而告终。

如果问我：“会不会寂寞？”老实说，还真寂寞，但如果问我：“会不会痛苦？”我不是逞强，我真的不痛苦。我经历过无数次失败才到达“即使没有终身伴侣，也不会痛苦”的境地。我曾经和很明显不适合我的人交往，也曾经因为工作忙碌而忘了体贴情人。

渐渐地，我发现，即使和曾经“想要和他结婚”的情人分手，自己也不会像以前那样痛苦了。不，如果说完全不痛苦，当然是骗人的，但和年轻时相比，可以很快地走出伤痛。对于分手的情人，不仅不再恨他们，相反地，我还很感激他们为我带来许多快乐时光。年纪大了，或许也是理由之一，但冷静回顾一下，这种坚强来自我在自觉或不觉中，从过去无数失败中吸取的教训。

我曾经把和男人的分手称为失败，最近，我不再认为和情人分手是失败。虽然最后无法成为终身伴侣，但这并不是失败，而是一种“经验”。

先稍微扯开一下话题，人为什么需要终身伴侣？比如，当有值得自己投入的工作，有经济能力，有不少同性和异性朋友，也有保持性关系的温柔男友，女人不是可以充分得到满足吗？人的性格真的五花八门，世上应该真的有这种人。但如果可能的话，有一位丈夫或是和丈夫十分类似的伴侣，往往更有助于精神安定。

即使是再亲密的友人，即使是同床的男朋友，彼此仍然有着某种界线。说好听点，是有礼貌；说得不好听点，就是还无法敞开心扉地真心相处。所谓伴侣，就是能够敞开心扉的关系。所以，常常为一些无聊的事吵架，但更会相互分享日常生活中发生的芝麻小事，确认彼此下一周的行程，因倾诉无法向君子之交的朋友启齿的事号啕大哭，为只有两个人才听得懂的笑话笑弯了腰，当身边有这种亲密的人，会令人倍感满足。因为，大部分人都是在这种环境下，也就是“家庭”中长大的，认为追求无论一个再怎么直接宣泄感情，都可以言归于好地经营日常生活的伴侣，是一件理所当然的事。只要没有陷入依附的状态，无论向对方撒娇，或是让对方向自己撒娇，都是必要的，这就像是人偶尔需要吃一点巧克力一样。

人长大之后就要独立，但这并不代表必须独自承受生活的压力。所谓独立，就是要和别人，以及年岁增长，已经不同以往的父母、兄弟姐妹建立起让自己感到愉快的人际关系。

我发现自己好像写得太严肃了，所以，在反省后，最后决定以这样的方式结尾。日本人原本就不是狩猎民族，而是农耕民族，不需要那么拼命。不妨试着慢慢地撒种子，好好地加以栽培。人生并非只有成功和失败两种。选择另一半不需要太精明。因为，人往往在心灵脆弱的时候才需要做出决定。在钻入牛角尖地认为“我一定要这么做”时，建议你好好休息一下，去一趟南方岛屿旅行。目前，我正在悠闲的旅途之中。

致妹妹们 2

-

想要找男朋友的人，

不妨先从独立生活开始。

-

第一次听到“单身寄生虫”[1]这个名词时，觉得这个名词真是妙不可言。但不知不觉地，这个词汇脱离了原本的意思，被扩大解释，渐渐成为所有和父母同住的单身上班族的代名词。不仅世人，就连当事人自己都把有工作、却和父母同住的人，笼统地塞进“单身寄生虫”的框框。

只要冷静思考一下，就不难发现“一个人住”并不是绝对必须做的一件事。每个人都有不同的性格和情况，只要能够在各自的环境中独立就可以了。

---

[1] Parasite Single，日本创造的名词，指和父母同住的单身者，Parasite 是寄生的意思。

然而，当单身寄生虫这个名词出现后，的确对单身者造成了很大的影响。扰乱了那些和父母同住的人的心，许多人开始觉得“这样下去不好吧”。

虽然并不是每个人都需要独立生活，但如果有人找我商量，“我想要一个人搬出来住”时，我一定会举双手赞成。这是因为我自己独立生活后，发现所得到的收获远远超乎我的想象。

十几岁时，我就想要早日独立生活。当初以为一找到工作，就会立刻搬出去住，但没有付诸行动的理由只有一个，就是为金钱所困。刚踏上工作岗位的我，想要买一大堆带有成熟味的衣服，再加上爱喝酒，和朋友、同事一起去喝酒很快乐，周末还要和同年龄的男朋友约会。微薄的薪水全败在衣服和交际费上，根本无法独立生活。

二十五岁结婚时，才好不容易离开父母家。由于另一半的工作很忙，由我一手包办找房子、签约、付租金和押金，交电费、燃气费和水费，购买家具。所有的事都是第一次，虽然刚开始很不安，但渐渐地产生了一种“只要用心，就可以做到”的自信和满足感。所谓“贫贱夫妻百事哀”（当然也有许多快乐的事），刚开始还幸福美满的婚姻生活，渐渐因为金钱问题发生了争执，这也成为最后分手的原因之一。

六年后，我离了婚，之后又回父母家住了两年。这才是真正的“单身寄生虫”状态，为了能够早日离开父母家，我拼命工作。虽然双亲对我说，我想住多久就可以住多久，但不知道为什么，我越住越不自在。

三十三岁时，我终于真正开始了独立生活。从东横线车站走路二十五分钟，就可以到达那幢破旧公寓里的小套房。虽然外表很破旧，但里面弄得还算干净。大部分女孩子都不会想住这样的房子，我却丝毫没有为这间破旧的房子感到羞耻，还自豪地请朋友来家里玩。比起靠他人的力量租一间好房子，我更为自己感到骄傲。

听起来似乎很帅气，但当时我的作家工作还没有步入轨道，常常为能不能支付每个月的房租而提心吊胆。几乎每天都把存折拿出来核对，计算出每天可以花费的金额，一有额外收入时，就为自己买一件衣服作为犒赏。

我似乎一直在谈钱的事，总归一句，比起精神方面的问题，自己从独立生活中学到的第一件事，就是“每个月需要多少钱才能生活”的明确概念。相信每个人的情况都不相同，但我发现，在东京，只要“每个月八万日元+房租”，就可以过差强人意的生活。如此一来，就让我松了一口气。即使到了山穷水尽的地步，只要稍微努力一下，要赚这些钱就不是太大的问题。如果寄住在娘家，永远都无法了解这一点。当明确把握了一个人生存的必要最底线时，漠然的不安渐渐有了明确的轮廓，人们也就不会产生不必要的烦恼了。

我还获得另一个意想不到的好处，就是我父母也因此独立了。在结婚时，双亲就已经不再依赖我，也不再在我面前碎碎念了。然而，当我离婚回到父母家后，父母比以前更老了（这也是理所当然的事），大事小事都找我这个当女儿的抱怨或是商量。虽然我这么说有点不孝，但我内心很反感，我又不是父母的心理辅导师。他们对我有养育之恩，但他们还没有到“老人”的年纪，明明是自己能够决定的小事也要来找我商量，就让我更想要早点搬出去。

如果你还年轻，还离不开父母的庇护的话，或许很难想象，但任何父母都会渐渐衰老，到时候就变成由儿女来庇护父母。我并不是拒绝庇护年迈的双亲，而是不想在他们还有能力自己解决问题时，就帮他们包办一切。这就像要求明明还可以走路的老人整天卧床不起一样。在我冷漠地与父母保持距离后，自然而然地，他们可以自行解决的问题，就不会再一一来找我这个女儿商量了。

独立生活在金钱上和精神上都很吃力。但这些代价付得很值得。虽然空虚会让人有机可乘，但正因为空虚，才会促使人去交男朋友。想要找男朋友的人，不妨先从独立生活开始。我觉得老是在情人旅馆约会，才会显得廉价、心灵空虚呢。

致妹妹们 3

-

判断力和体力一样，

必须花费时间，脚踏实地地累积。

-

用一句话归纳我二十多岁的时期，就是“不知道该怎么办”。我很平凡。大部分二十几岁的女人无论对大事小事，往往都不知道该怎么办。虽然偶尔也会遇见毫不迷茫的二十多岁女人，但我认为她们只是没有把迷茫表现出来，或是根本不思考的人。“根本不思考的人”听起来好像在骂人，在此特别声明，我的意思是指那些性格天真烂漫的人，与其整天心浮气躁地烦恼，这些人显然快乐多了。

我从小就爱为一些小事操心烦恼，进入二十多岁时，更是达到了巅峰状态。十几岁时，我“连自己不知道什么也不知道”，当时，还是在家吃父母，说得夸张一点，就是反正不会有什么生命危险，所以，根本没有任何迫切感。

当我准备踏入社会，在找工作时，就遇到了“瓶颈”。因为，我根本不知道自己想做什么工作。由于我不知道我想找什么工作，所以，也不知道该应聘什么公司。经常在一起玩的同学中，有人想要进服饰公司，有人想要进媒体，或是做一般的事务工作，或是随便怎样的公司都无妨，但一定要当业务员。我发自内心地感到惊讶，他们很清楚地知道自己前进的方向。结果，我“因为不知道，所以任何公司都无妨”，到处应聘，也到处落榜，好不容易才挤进一家财团法人。

我在大学四年期间整天在打工，虽然自己说有点不好意思，但我表面上很乖巧顺从，所以，进入新职场后，很快就适应了。在适应后，才第一次对自己竟然成为这个职场的正式员工感到错愕。由于我靠这份工作维生，不可能提出“我觉得自己不适合这里，所以要辞职”。每天清晨五点半起床，在人挤人的电车里摇晃超过一小时，上班工作，然后和同事、朋友喝酒玩乐后，再度搭上人挤人的电车晃回家；第二天清晨，又是五点半起床。想到世界上有多少人过着这种生活，我就告诉自己不应该心生怨言，但也更强烈地向往那种累了可以随时休假，可以在非假日的白天去逛街，可以断然拒绝不想参加的聚会的生活。然而，即使我想要转行，没有一技之长或任何资格的我，怎么可能找到这种“钱多事少离家近”的工作？那时，我几乎是坐困愁城，完全不知道如何才能改变现状，只是每天都不想去上班，但还是每天都去上班。

结果，我遁入婚姻。为了减少通勤时间，我计划在公司附近租屋而住，但光靠我的薪水根本无力负担，所以，我就开始以写少女小说作为副业。我在许多文章中都有提及这段经历，此处就不再赘言，好不容易开始靠副业顺利赚钱，眼看搬到公司附近有望了，交往中的男朋友突然提出要和我结婚。

虽然听起来似乎一帆风顺，但我的体力根本无法应付上班、结婚和写小说这三件事，所以，我辞去了工作。至今我仍然无从得知这样的选择是否正确。如果我当时没有结婚，开始独立生活，可能会和别人结婚；如果我停止写小说，兼顾工作和婚姻生活，或许我就不会离婚。老实说，即使到了今天，我仍然不知道怎样的选择才是最正确的。

三十岁后，我立刻离了婚，之后，当小说的工作逐渐稳定时，开始觉得“好像有点明白了”。当自己可以在经济上独立，有谈得来的朋友后，渐渐认为只要自己朝着目标努力工作，就一定会有好结果。即使生活算不上富裕，但每天的生活都充满了希望。

之后，我也曾经遇到几次“瓶颈”。就好像电玩游戏中那些打不死的敌人一样，即使解决了一个又一个的问题，问题仍然层出不穷。

但和二十多岁时不同的是，我已经“知道自己不知道什么”了，也了解了解决问题的方法。在一无所知的二十多岁时，曾经有勇无谋地耗费体力，渐渐地，我发现自己变得坚强了。随着经验的累积，抓狂的次数减少了。然后，我发现，即使当自己陷入抓狂的状态时，大脑的某个角落仍然冷静地思考着“时间可以解决这个问题”。

不知道事情的解决方法，其实是还不具备解决问题的能力。判断力和体力一样，必须花费时间，脚踏实地地累积。

比如，你不妨回忆一下五年前的烦恼。如果你想不起来，就代表你已经自然而然地具备了解决这个问题的力量，并早就解决了问题。如果五年前的烦恼一直延续到今天，就代表这的确是很大的问题，你至今还没有具备解决它的能力。

我不是在威胁恐吓，即将迈入四十大关，虽然已经独立解决了生活上的问题，但年轻时不曾考虑过的根源性问题，又粉碎了我“好像明白了”的感觉。人一定要幸福吗？成功者以外的人都是落伍者吗？只有赚钱才是最了不起的事吗？谁规定人一定要有进取心？在我终于明白世界上的大事小事都“无法一概而论”的今天，我借由小说询问着不特定的多数读者。到底该怎么办？

爱恨的闪电

-

为什么我会成为写小说的“怪胎”?

至今我仍然觉得很不可思议。

有一个明确的理由，就是我深爱人心。

-

二〇〇一年一月十六日，是我获得直木奖的日子，但对我而言，有关直木奖的纪念日，却是在前一年的十二月八日，那是我永远也忘不了的一天。

那天，我像往常一样，早晨八点左右起床，一边吃着土司，一边看 NHK 的电视连续剧《奥黛丽》。然后，晒完衣服，写完传真的回信后，就差不多中午了。我吃了书生为我煮的麻婆豆腐，她是短期住在我家，协助我处理事务工作和家事的女孩子（为了方便，我称她为书生）。下午我要去高田马场办事，从家里走到目的地要三十分钟，我决定走路过去，弥补平时的运动不足。虽然工作陷入慢性的“瓶颈”状态，但我决定“今天要休息”。天空万里无云，我听着CD随身听，心情愉快地走在早稻田大道上。不写稿的日子，心情就特别轻松。刚好家里的咖啡豆用完了，我去罗多伦咖啡店买了Mild Blend（七百日元），钱包已经空空如也了，便去银行提领了一个月的生活费。然后去三年以来每个月看一次的心理医生那里，聊了五分钟有关猫的事，医生给开了一些轻度的镇静剂和安眠药（诊察费和西药费总计三千五百日元）。最近，我在札幌买了一个工作室，我去车站前的Big Box买了去札幌的机票（在早班折扣和特别折扣后，单程一万五千四百日元），顺便去CD店逛了一下，买了Pornograffitti乐团[1]的单曲（应该是一千二百日元）。休息后，我在自助式面包店喝了拿铁咖啡（二百一十日元），抽了烟，独自感叹今天花了好多钱。本来想回家了，但觉得精神特别好，再说既然决定今天要休息，心想不如去池袋的西武百货公司逛一下，便搭上了山手线。刷牙用的杯子刚好破了，我想去买个便宜的杯子。

逛了几个年轻品位的衣服专柜，来到位在最顶楼的LOFT，买了一个看起来耐用又耐脏的杯子（二百八十日元）。正当我在LOFT里看着便宜的化妆品时，手机响了。原来是文艺春秋出版社的人打来的。我们已经很熟了，但对方说话的语气却很恭敬，我正在纳闷，他告诉我："已经决定你入围直木奖了。但还没有正式发表，所以，先请你保密，连父母也不能说。"

挂上电话后，我呆若木鸡地伫立在美宝莲的专柜前。这简直是

[1] 日本偶像团体，曾在二〇〇〇年、二〇〇二年和二〇〇四年三次参加红白歌唱大赛。

晴天霹雳，不，这是好事，所以不能这么说。原本应该可以像往常一样度过平淡无奇的一天，听闻这个消息简直如一道白色的闪电掠过大脑。我独自轻声说着“get you”，心情却仍然无法平静下来。

入围直木奖是我进入这一行时的梦想，也是我这几年的目标。我无论如何都想要达到这个目标。不管伤害谁或惹谁厌，我都想要入围直木奖。我不怕遭到误解，我可以大胆地说，我想要的只是“入围”，而不是“得奖”。虽然，入围当然是为了得奖，但得奖有时候还需要靠一点运气。我心存希望，如果把目标定在入围，还可以在某种程度上努力（有梦最美嘛）。

迈入作家生涯第十四年，这个梦想竟然毫无预告地出现在原本应该风平浪静的一天。好像在刚发芽的叶子中，突然盛开了一大朵牡丹。事后再回想起来，当初浮现在脑海的是牡丹而不是向日葵，在某种程度上，也代表了我复杂的心情。

这不是单纯的高兴而已，而是从头发到裤子都沉浸在感情的波涛中。我拖着沉重的身体，头重脚轻地走到人烟较少的员工通道，看到一把椅子就一屁股坐了下来。我几乎是在无意识下拿出手机，依次看着电话簿中登记的约一百个号码。

我无法独自承受，我想把七级地震的冲击告诉别人。我想要从自己的嘴里说出“我入围直木奖了”这句话。但对方不许我说，所以，我不能把这件事告诉口风不紧的人。我找到几个和文坛没有关系、又值得我信赖的人，却又不想打电话给他们。心情久久无法平静的我，终于拨通了一个最无关痛痒的人。那个人很快就接了电话，“噢，是吗？恭喜了。”反应出奇地冷淡，我很快挂了电话。

这时，我才惊觉，为什么我不敢把这么天大的喜事，告诉我的亲朋好友。我很生气。至今我仍然不知道自己当时为什么那么生气。激烈的愤怒情绪更胜于喜悦的心情，脑子里只想到一些讨厌的人，和那些反对我的工作的人。我很想告诉这些人：“你们看，这才是快捷方式。”想要对他们怒吼：“你们知道我是用怎样的心情来度过这十四年的吗？”但是，我当然没这么做。因为我知道，这么做，只会让自己更悲哀，更何况我被下了封口令。

我站了起来，不知道是否该庆幸，这里是巨大的百货公司。而且，皮包里放着一个月的生活费。我手上提着LOFT的黄色袋子里，装着一个二百八十日元的杯子。如果我在买杯子前听到这个消息，绝对不会买这个杯子。以前，血拼就是我消除郁闷的方法。我只能把满腔无法宣泄的复杂感情，发泄到池袋西武百货公司身上。

去买一些我现在想要的东西吧。我毫不犹豫地走向Baccarat[1]。我想起以前曾在上流的杂志上看到某个上流社会的家庭使用Baccarat设计的、看起来像万国旗的杯子来刷牙。我也要用这个来当刷牙杯，我抱着这种战斗心情踏进了Baccarat，询问有没有这种杯子，对方回答说，那是限量商品，需要特别订购，而且一套有六个。要特别订购？而且，我怎么会买六个Baccarat？这种不合理的现象让我很生气，但我的嘴巴却背叛了内心的想法，我对店

[1] 法国水晶品牌，素有皇家水晶之称。

员说，我想要买一个杯子。于是，我有生以来第一次仔细地端详着Baccarat里陈列的每个杯子。虽然看到了自己喜欢的，但其中一个的价格远远超出了我能接受的范围，结果，我决定买一小（葡萄酒用和威士忌用）一大（啤酒用）两个酒杯（两个都是一万五千日元）。一位年长的老伯伯陪我一起挑选，问我："是要送人吗？"我回答他："不，是我自己用的。"但他还是帮我包得很精致。

走出Baccarat后，我又站在那里动弹不得了。我还想要什么？不是腕表，不是珠宝，也不是名牌包。我想要买去札幌时穿的衣服。所以，我走进了Ralph Lauren Collection，和店员一起挑选了老半天，最终买了一件小羊毛的毛衣（一万三千日元）。接着，又乘胜追击，去了Y's，千挑万选后，买了一件真丝的荷叶边外套（六万八千日元），以及穿在里面的薄型针织衫（一万八千日元）。当手上拿满战利品，荷包却越来越瘦时，我又累又饿，想要回家了。我打算去地下卖场买一些吃的，再买一些可以用Baccarat享用的酒。搭上电梯后，我思考着自己最想吃的东西。现在想吃的东西。我左思右想，发现是崎阳轩的烧卖，就买了一盒（应该是五百一十日元）。想喝什么呢？葡萄酒，是葡萄酒，白葡萄酒。但走到酒类卖场时，突然觉得有点不太舒服，我根本懒得管什么品牌（其实，我本来就不太懂），我对店员撒了个谎，说："给我一瓶可以送人的葡萄酒。"请店员帮我选了一瓶（一千八百五十日元）。

可能手上拿了太多东西，又空着肚子，再加上感情剧烈起伏，导致了血糖值降低，我很难得地想要吃甜食，看到一家咖啡店，就走了进去，点了草莓塔和奶茶（一千二百六十日元）。甜食真好吃，好久都没有这种感觉了。明明已经想回家了，却一直舍不得站起来，总共抽了六支烟。这才终于站了起来，回到家里（搭了出租车。九百八十日元），我泡了澡，让心情平复下来，换上睡衣，一边吃着烧麦，一边用 Baccarat 的杯子喝着葡萄酒。

书生平时很难得外出，这天刚好和朋友一起去吃饭，很晚都没有回家。我在等她的时候，不知不觉地睡着了，心想“算了”，就上床去睡觉了。不一会儿，就听到她回来的声音，我从床上跳了起来，告诉她，我入围直木奖了。当初，她是看了我在 Cobalt 文库[1]的第一部作品写信给我后，我们才熟悉起来的，所以，了解我这十三年生活的非她莫属。然而，她的反应也很冷淡，“是吗？恭喜你。”你什么意思嘛，喝得醉醺醺的我对她纠缠不清，她很干脆地回答我：“大姐，你的辛苦，只有你自己最了解。”我这才死心地回到了卧室。

第二天早晨醒来时，终于迎接了真正的喜悦。我用二百八十日元的杯子刷着牙，忍不住哭了起来。

我写得有点颠三倒四，但容我自我辩解一下，当我受邀写自传散文时，我觉得不应该谈自己以前所写过的书，聊年少时的回忆也有点文不对题，虽然我认为家庭是人格制造工厂，或许可以谈谈自

[1] Cobalt 文库是日本集英社一九七六年创刊的少女小说集。

己的家人，但还是觉得不太对劲。

我发现，我的历史，就建立在当时想要的东西上。有些是金钱可以买到的东西，也有些是金钱无能为力的；有些可以靠努力争取，而有些则完全和努力无关。

小学生时，我想要漫画杂志、可爱的文具，或是偶像的签名照。我的零用钱全都花在这些东西上。初中生时，我仍然把零用钱用在漫画、文具上，放学后，和同学一起去吃吃喝喝（当时，还没有快餐店或便利商店，我们常去肉店买可乐饼来吃）。升上高中后，我就开始发情，想要“男朋友”，想要约会时穿的衣服。也想要买LP唱片。但由于学校禁止打工，所以，我想要的东西几乎都无法得到。

当我成为大学生，打工解禁后，我像决了堤一样，铆足了劲儿打工，赚的打工费是双亲给我零用钱的四倍。当时，我做梦都想要的是Ralph Lauren的粗棉布洋装（当时约三万日元）。当我靠自力买了以后，每逢重要的约会，必定穿上这一件。由于我家距离车站有一段距离，我又存了钱买了一辆电动车。剩下的打工费全用在和朋友一起喝酒和玩乐上。二十岁后，我有了结婚的念头。当时交往的男朋友当然不可能和我这种笨女人结婚。我在他身上花了不少钱，但金钱无法买到爱情。

踏上工作岗位后，我基本上没有太大的变化。我想要的，就是以结婚为前提与我交往的男朋友和新衣服，以及喝酒的钱和错过末班电车的出租车费。

我是个笨女人。这种人竟然可以在十几年后，成为直木奖作家。然而，正因为有当时的我，才会有今天的我。

像我这种人，怎么会想到要写小说，连我自己都觉得很惊讶。不是我在吹牛皮，我几乎没看过什么书。只有小时候，看过一些我哥哥的科幻小说，以及读大学时，看过一些同学之间流行的言情小说。

由于我看的书不多，所以，我完全不知道写小说的人的心情。有一件事，令我印象十分深刻。我哥读高中时，他的同学参加了文学社团，一次偶然的机会，看过他写的刊登在用誊写印刷的文艺杂志之类上的小说。我已经忘了故事情节，但一开始好像是一个修行的僧侣溺水的痛苦场景。写这部小说的是我哥哥的朋友，我也算认识他，但他是个怪胎。即使我看了那篇小说，也毫无感想。这不是写得好或写得差的问题，而是我根本不知道他写这种东西的目的。当时，我认为专业作家的工作就是写作，所以自己才会写文章。但我完全无法理解一介高中生的他，写这种东西根本赚不了一分钱，为什么还对写作充满热情。只觉得他是个“怪胎”。我在写日记或是写给同学的信时，故意写得很好笑，但我完全无法理解认真编故事的人到底有什么动机。

长大以后，为什么自己会加入这种“怪胎”的行列？到底是在怎样的契机下加入的？如今，我重新认真地考虑这些问题。在接受采访时，我通常回答：“因为我想要搬出来住，所以，想要找一份副业。于是，我想到写作是自己擅长，又可以在不为人知的情况下开始的工作。”果真如此吗？只对恋爱、衣服和玩乐有兴趣的人，怎么可能突然想要写小说？

或许是因为我得到了大奖，才敢说这种傲慢的话，其实，我内心始终有一种无可名状的空虚感。随着年岁的增长，小时候，曾经是一小点的空洞渐渐变大。所以，为了填补这个空洞，我不停地追求着“快乐的事”。然而，无论我丢再多的东西进去，也无法填补这个洞。

我并不讨厌当粉领族。但我讨厌当米虫，所以，我根本没有想过要辞掉工作。然而，有一天，当一个来我们公司卖保险的女人擅自帮我设计出职业规划时，我觉得这个洞变得更深、更黑暗了。

虽然我记得不是很清楚，但那张彩色的纸上写着我会在二十六岁结婚，二十八岁时生第一个孩子，三十岁时生第二胎，三十五岁时买房子，付二十四年的房贷，甚至连养两个孩子到结婚所需要花费的金额，以及到领老人年金之前，我和我丈夫生病之类的意外也都列举得一清二楚。

我内心慢慢涌起一种说不清是愤怒还是悲伤的复杂感情。我知道，保险阿姨帮我设计这份生涯规划并非出于恶意，但看着别人帮自己设计的人生时，渐渐觉得似乎真的有可能发生，便渐渐产生一种强烈的封闭感，似乎我已经无法逃脱这样的命运。于是我知道，虽然我经常把“想要平凡地结婚，过着幸福的生活”挂在嘴上，但其实我内心根本不是这么想的。

“我每天都在干什么？”我突然这么问自己。于是，我用碎纸机粉碎了这份职业规划。但我在保险阿姨的建议下，参加了储蓄型的保险（月缴一万二千日元）。我不能辞去工作。我只能在这里生活，那么，我就要在这里活下去。同时，我自然而然地下定决心，要摆脱别人为我设计的这个人生规划。

在此之前，我一直“活在当下”。那时候，我才第一次回顾自己的过去，第一次客观地认识自己。我擅长什么？不擅长什么？我能做什么？我不能做什么？只要是自己喜欢的东西，人都愿意付出努力。那么，我到底喜欢什么？我绞尽脑汁，用向来很少使用的头脑思考着。

有一件事很明确，就是我是个脑袋空空的笨女人，但如果我因此自卑，也不可能带来任何帮助。我在什么事上花费了比别人更多的工夫？除了有关衣服的事，就是喝酒、少女漫画，以及从不间断地写日记。虽然我很喜欢衣服，却不懂得缝纫，而且，那时候，我开始对衣服流行周期太快感到空虚，所以很快就否决了这个念头。我对自己的外貌和态度没有自信，也无法去酒店打工，况且，我那时候的情绪不太稳定，一喝酒就会发酒疯，经常给别人添麻烦，当然也就无法胜任这类的工作。最后，只剩下少女漫画和日记。我买了一本名为《公募指南》的杂志，想要作为寻找副业的参考，刚好发现少女小说新人奖正在征文。我心想，就是这个。我没写过小说，但把它当作写漫画的大纲，我就想到许多故事。于是，我偷偷写了约一百张稿纸的类似漫画的小说，虽然没有获得大奖，却也捞到个佳作奖。

我并没有因此认为自己从此可以飞上枝头成为作家。我只是个连小说的“小”字也搞不懂的蠢女人。但当时刚好流行少女小说，作家人手不够，所以，连我这种距离专业作家相去甚远的人，也有机会发表许多作品。

这就像是从来没有拿过高尔夫球杆的人一下子上了高尔夫球场。虽然那不是通俗小说界，但新人辈出，后浪不断推前浪，所以，即使技术很差，也只能挥杆乱打一通。我原本就喜欢把感情化为文字，虽然每次都很痛苦，但渐渐地，我掌握了其中的诀窍。写小说变成一件好快乐的事，当读者有所反应时，也会让我高兴得手舞足蹈。写小说的时候，我忘记了胸口的空洞。当时，我也结了婚，不需要再等着每个月的薪水不放了。

然而，事情却没有从此一帆风顺。不知不觉中，我在少女小说的领域里无法维持好成绩。而且，我也了解到，只要在这个领域，就无法充分发表自己构思的故事。我很清楚，如果转战一般文学，收入就会大幅减少，但那个时候，我已经无法想象自己不写小说了。即使无法赚钱，我也要写我想要写的故事。我再也无法克制自己的这种自我。这种自我也使我的婚姻出了状况，让我舍弃了很多东西。

虽然，我写小说是想要用某种形式震撼读者的心，但其实和我为自己写的日记没什么两样，只是因为“想写”而写。我被编故事、震撼人心的魔力迷住了。我完全中了“编故事”这种毒品的毒，一一排除了所有挡路的事物和人。在面对小说时，我的善解人意便不知道躲哪里去了。为此，我伤害了很多人，也失去了很多，为了回报这一切，我已经无法回头。既然这样，就要勇敢向前闯。我制订了目标，有朝一日，我要入围直木奖。我知道这么说有点失礼，但我根本不在意这个奖到底是怎样的。为了填补我内心的空洞，为了消除这个抽象的烦恼，我克服了许多明确、具体的阻碍。而“直木奖”正是我最明确的目标。首先必须入围。然后，再一步一步迈向漫长的道路。

然而，我突然就得奖了。虽然我真的很高兴，但更觉得好像是事出偶然地被我一杆进洞了。

为什么我会成为写小说的“怪胎”？至今我仍然觉得很不可思议。有一个明确的理由，就是我深爱人心。我常觉得“我爱你”这三个字不是口语，所以，我向来尽可能避免使用，但这一次，我想要大胆地说出来，我深爱人心。我希望可以一直用文字来表达这份爱，这是我目前最想做的事。最后，我又要写一句惹人厌的话：爱，其实也是恨。

与“山本文绪”握手言和

创造出另一个独立人格的，

就是我自己。

二〇〇〇年一月十六日，“山本文绪”获得了第一百二十四届直木奖。我这么说，听起来好像很自以为是，请容我解释一下。山本文绪是我的笔名，而非本名。大约在十四年前，当我突然想要写小说投稿时，在提笔之前，我最先考虑的是笔名的问题。我之所以不愿意用本名写小说，是因为觉得不好意思。如果不“创造”出另一个独立人格，我根本不可能写出这种“自言自语”式的小说。

山本文绪本来是个虚构人物，在踩到狗屎运获得新人奖（当然是这么回事）后，我就变成了山本文绪。当有人叫“山本小姐”时，我根本不认为对方在叫我。有很长一段时间，我都无法适应，但久而久之，这种不适应也渐渐消失了。

从事这一行越久，我就越觉得当初用笔名是正确的选择。本名的我从事着“山本文绪”这个职业，这种意识让我既可以从客观的角度认识自己的工作，也有助于公私分明。

本名的我要求“山本文绪”认真、踏实地做好眼前的工作，逐渐累积，有朝一日入围直木奖。我认为这种方法很适合自己，所以也不会觉得有压力，几年前，本名的我和“山本文绪”有时候会像风向鸡一样不停地打转，但仍然能够和平共处。

不知道从什么时候开始，“山本文绪”这个虚构人物渐渐违反了本名的我的意志。“山本文绪”开始狂奔。我发现“山本文绪”变得富有活力，很容易发脾气，更充满野心。然而，本名的我虽然扮演着“山本文绪”，却缺乏基础体力，是很懂得自省的胆小鬼。但在那个时候，已经是“山本文绪”供本名的我吃喝了，所以，我根本无法违抗像暴力丈夫般的“山本文绪”。

“山本文绪”说，她想要早日得到直木奖。本名的我却提出忠告，如果太拼了，反而会累坏身体，就不能写出好作品了。

“山本文绪”的咆哮声震耳欲聋，本名的我无力抵抗。最近，我的胃始终隐隐作痛，就是因为“山本文绪”饮酒过量，本名的我只能躲在胃里啜泣。如今，寄给我的贺年卡上，写我本名的人屈指可数。老实说，我搞不清楚我的目标是否真的在这里。

正当处于这种拉锯战时，竟然就得奖了。于是，“山本文绪”就心满意足了。创造出另一个独立人格的，就是我自己。我或许在无意识中，想要逃避自己是“山本文绪”这件事。在我接受“山本文绪”不是虚构人格，而是真实存在时，我们握手言和了。最近，胃也越来越舒坦了。

有舍，才有得

-

是因为这份工作每天都面临选择，

必然要舍弃没有被选择的东西，

得到自己所选择的东西。

-

迎接二十一世纪的新年，我难得地回父母家过年。元旦的早晨，我收到一张贺年卡。邮戳上的日期是一九八五年九月三日，也就是在喧腾一时的筑波科学万国博览会上举办的那个明信片时空胶囊的杰作。

我虽然没有忘记，但除夕夜喝得醉醺醺的，起床后，仍然深受头痛和胃痛之苦，在早晨的阳光中，手拿十六年前寄的明信片，感到一片茫然。新闻报道的特辑中曾经提到，许多人都寄给未来的自己或是家人，但我和当时交往的男生约好相互寄给对方，连内容都没有给对方看过。当时，两个人都年轻、没头脑，又爱得如火如荼，我以为上面一定写了一堆肉麻的话，但当我看到明信片时，却受到了意想不到的打击。

由于我无法获得这个人的首肯，因此，无法把内容写出来，但他写的内容也未免太乏味了。你现在一定很幸福，至少，我衷心地希望，你不会用一种痛苦的心情看这张明信片之类的内容。看了这么无关痛痒的内容后，我还没来得及思考，泪水就不禁夺眶而出。我在父母家目前几乎已经变成仓库的房间里，自言自语着“我不幸福，好痛苦”，大声地哭了起来。

十六年前的我，还没有想到要写小说，我还只是个平凡得不能再平凡的粉领族。十六年后，我以作家的身份出道已经十四年，也入围了直木奖。但是，我一点儿都不幸福，而且，还有不少痛苦的烦恼。

但我的眼泪只流了两分钟。因为，几年前，我就已经不再用幸福或不幸福的标准来判断事物。不知不觉中，我开始觉得，即使有些小小的不幸，又有什么不好？

自从开始写小说并以入围直木奖为目标后，我放弃了很多东西。这句话听起来很消极，其实，是因为这份工作每天都面临选择，必然要舍弃没有被选择的东西，得到自己所选择的东西。现在回想起来，我舍弃了不少原本不需要割舍的东西。有些是因为我情绪低落，或是体力撑不下去而遭到抛弃的。

总而言之，我深有感触。我和当时那个男生分手分得很不漂亮，有很长一段时间，只要遇到不好的事，我就觉得“啊，一定是上天为那件事惩罚我”，但最近，我连要努力忘记这件事也忘了。

不久前的一月十六日，我获得了第一百二十四届直木奖。即使没有得奖，我也不会觉得是“上天在为那件事惩罚我”。唯一的遗憾，就是我压根儿想不起自己在写给他的明信片上写了些什么。我也抛弃了许多记忆。虽然“失去的越多，得到的就越多”的想法可能不正确，但现在的我，却觉得这句话很有道理。

获直木奖后的近况

-

对我而言，

“每天需要不停地做出判断”就是最大的痛苦。

-

我之前就听说，得到直木奖后很辛苦，但我并不知道具体怎么个辛苦法。

得奖后，面对来自四面八方的祝贺和采访时，我对“为什么历代得奖者没有具体地告诉我这些情况”恨得牙痒痒的，但回顾从得奖拍板定案那一刻至今的这一个月，我才发现，要具体说出“到底怎么辛苦”是一件困难的事。每个作家的个性不同，有些人觉得采访和写散文是很大的负担，也有人在接到来自多年不见朋友的电话时，会感到困惑。当然，也有作家对这种事根本不以为意。

对我而言，“每天需要不停地做出判断”就是最大的痛苦。即使每件事都不是什么了不起的大事，但我向来我行我素，就觉得这些事特别累人。

比如，我该穿什么去参加颁奖仪式，就是一个很大的问题。我缺乏“反正穿什么都无所谓”的豁出去的胆量。再怎么说，我也是老大不小的熟女（？），当然应该打扮得正式一点。

我很喜欢买衣服，唯有这次，我举棋不定。我向来讨厌参加派对（除非是很特殊的情况，否则，我甚至不参加别人的婚礼），对休闲服颇有研究，但要我挑选“正式的服装，而且是主角的衣服”，我只能举双手投降。我只有在大学时代的相声研究社团穿过和服，当然不能将春列入考虑范围。如今，我的体重已经达到了人生的巅峰，不可能穿露手露背的衣服。最后，只剩下做工考究的套装和洋装了。

我向来认为买衣服一定要一个人去，和别人一起逛街反而会破坏血拼情绪，但这一次，我却对自己的判断力缺乏自信，我找了一位最冷静的朋友陪我去池袋西武百货。如果时间充裕，我很想要多看几家，但我只有那天下午有时间去买衣服。从下午两点到百货公司结束营业，我不知道试穿了多少件衣服——我试了所有专柜的正式衣服，穿了又脱，脱了又穿，筋疲力尽。最后，终于决定要从两套中二选一，但我仍然不知道该如何抉择。我们走进一家咖啡店，我朋友（她想必已经累坏了）对我展开诱供，终于做出了决定。这是我这辈子第一次感到买衣服是一种痛苦。向往自由业而写的作品反而让我比平时累一倍，这实在是天大的讽刺。

飘浮不定的生活

-

我隐隐约约地觉得，有朝一日，

或许我也会想要在某个地方“居有定所”。

-

我在横滨出生，横滨长大，在结婚离开父母家前的二十五年期间，我一直在横滨生活。然而，当我说“我不喜欢横滨这块土地，可能的话，我也不想回横滨”时，大部分人都会感到十分惊讶。大家对“横滨”这块土地的印象很好，也无法理解我不想住在故乡的理由。

其实，不久以前，我也不很清楚其中的理由。我在横滨这个新兴住宅区长大。但那时候的“新兴住宅区”和时下的“New Town”不同。横滨是在昭和三十年代（一九五五年前后）开山而成的城市，在我孩提时，周围有许多绿意和空地，春天可以摘到笔头菜，也有适合玩耍的山丘、绝壁和小洞窟。也就是说，我在横滨度过了幸福的少女时代。然而，在我读高中时，空地和充满绿意的山丘都消失了，却没有因此增加什么方便的设施，开了很多年的书店倒闭了，摇身一变成为餐厅，不久后又易了主，只有房子越造越多。海港附近不断开发，横滨变成了一个令居民（至少对我而言）感到陌生的观光地。

快二十岁时我就下定决心，终有一天，我要搬去东京住。从关东近郊以外的地区来看，横滨、千叶县和埼玉县都属于“东京”的范围，但横滨毕竟是一个地方城市。我只要一有空，就会跑去东京、涩谷、新宿、原宿，或是池袋、银座、浅草，它们都有不同的魅力，走在街道上，充满无限乐趣。虽然我知道不应该把住宅区和商业区进行比较，但比起横滨独特的文化，我更喜欢东京的文化。

结婚后，一方面是因为房租的关系，我们选择住在川崎市。虽然比住在父母家附近好，但我还是无法喜欢川崎的住宅区。我曾经向丈夫提出想要搬家，但他却说，这里上下班很方便，车站前有大型超市和商店街，根本没必要搬家，否决了我的提议。

六年后离婚时，我为终于可以一个人住在东京雀跃不已。我租的第一个房子在目黑区，是离车站二十分钟路程的破旧公寓，但我仍然为自己美梦成真感到沾沾自喜。在走路两分钟的地方就有商店街、图书馆、公园、健身房、诊所，以及花店和酒吧。那里简直是天堂。

但那间公寓房间实在太小了，一年多后，我搬到了中野。中野的房子离车站五分钟，各种设施一应俱全。我觉得，我终于过上了十几岁时梦寐以求的生活。虽然目黑和中野的房子都离“宁静的住宅区”相去甚远，但我知道，我要的并不是宁静。晚上睡觉时，可以听到楼上洗衣机排水的声音，下面的马路上几乎每天都传来喝醉酒、大声说话的外国人的声音，但这反而排解了我的孤独。

这次，我搬到了文京区。因为我不知道在哪里看到，生活在山手线这个甜甜圈[1]里很舒服。搬来这里后，才发现这里有着不同于目黑和中野的不方便。这里几乎没有商店街，超市、录像带店和书店也都小得可怜，商品更少。走路到地铁要十五分钟，很少有可以轻松用餐的餐厅。青山、麻布之类的地方或许情况不太一样，但我现在居住的地方，根本称不上是个方便居住的环境。但不同于目黑和中野的是，这里可以令人产生一种隐居的感觉。我意外地爱上了这种不方便。无论在哪里喝酒，搭出租车回家都不需要太多钱，所以，我现在已经根本不在意末班电车的时间了。

去年夏天，我在札幌买了一间小房子。我周遭的人再度惊异地问：“为什么要在札幌买房子？”

或许朋友听我这么突然宣布，会感到有点唐突，但其实我以前就有了这样的想法。母亲年纪大了，一到夏天，身体就容易生病，而且，我自己也希望有一个地方可以让我转换心情，静下心来写写

---

[1] 山手线以环状绕行东京都内的主要闹区。

稿。我和母亲都不会开车，但附近如果没有电影院或书店，就会觉得受不了；虽然我不滑雪，但很喜欢雪，所以，就选择了符合这些条件的札幌。

如果说我奢侈的话，这的确很奢侈。但札幌目前正在大兴土木地建造公寓，房价只有东京的一半，所以，我可以买到很适合一个人住的平米数的房子。

我依然喜欢东京，可以的话，我想要一辈子住在东京。然而，东京这个城市固然充满魅力，但也存在某些扭曲的部分。我希望能够从东京以外的地方观察东京。或许每个地方都一样，但我发现东京出租房子的房东即使看起来很和善，却总有某种咄咄逼人（这和居民的不懂礼貌也有关系）的气势。比如，同一幢公寓的邻居即使擦身而过时，彼此间不仅不会打招呼，反而会故意移开视线，快步离开。

横滨人彼此不打招呼和令人坐立不安的团体意识，让有可能一辈子保持单身的我感到浑身不自在，这或许也是我不想住横滨的理由。现在，我每个月会去札幌住一星期，在这里，我既不是当地居民，也不是观光客，感觉就像蝙蝠一样。如今，东京是我居住和工作的场所。

我隐隐约约地觉得，有朝一日，或许我也会想要在某个地方“居有定所”，但现在还没有做出结论。如果说，我完全不想拥有家庭，生活在住宅区，然后接受在那里所发生的各种纠葛，那绝对是谎言。但如今，我还不知道要在哪个地方扎根，还想过一阵子漂浮不定的生活。

短暂的解放

-

当微弱的自己被巨大的海洋包围时，

可以让我暂时从社会这个扭曲的装置中获得解放。

-

海洋占据地球四分之三的面积，但大部分人只接触到茫茫大海的边缘。所以，当站在海滩上眺望波澜壮阔的海洋时，或是使劲全力游到最远的地方，或是搭船到海口时，都会深有感触。人们时而兴奋地欢呼，或是涌起甜蜜的感情，甚至有时候会产生一种超越畏惧的恐惧感。

我出生在神奈川县靠海的地方，从小在海边长大。在长大以前，无论夏天或冬天，都会去三浦半岛、逗子或镰仓的海边。

很遗憾的是，神奈川县的海岸沙滩上的沙子是灰黑色的，海也不是蓝色的。但海还是海。可以看到海岸线，吹过海风后，头发会黏黏的。小时候，洗完海水浴搭电车回家时，被晒黑的小腿上还结起了盐粉。

但我只敢在海边玩。我不太会游泳，不敢到脚踩不到地的地方去游泳。老实说，我喜欢在游泳池游泳胜于大海。我喜欢潜入游泳池的水底时，看到的四方形的、无机质的水底风景。海里有许多生物，大海的无边无际也令我感到害怕。

长大以后，我已经敢到脚踩不到底的大海去游泳了。我不知道该如何表现那份喜悦，总之，我要谢谢帮我制作潜水三件组的那个人。

当我们许多朋友一起去夏威夷玩时，一位有潜水执照的女性朋友教我潜水的方法。当我倒退着（由于穿着蛙鞋，无法向前走）从沙滩走进海里时，不可思议的是，我竟然可以站着游泳，即使脸碰到水面，仍然可以呼吸。虽然我还不敢潜下水，但在搭观光潜水艇到潜水区后，我看到了好多鱼，欣赏着海底深处，那种感觉，仿佛从高空跳下来一样。

从此之后，我不再害怕大海。大海比游泳池更有浮力，而且，我发现非人工的、有着许多生物的海洋充满惊喜和净化作用。但在不久之后，我又发现大自然随时都在向人类发出警告，也让我经历了一次非常可怕的体验。

那次，教我潜水的那个朋友邀我一起去奄美大岛。我们搭早晨第一班飞机到了奄美大岛，上午十点时，我们已经在红树林中划独木舟了。下午，我们在海滩上搭起帐篷，和参加这个旅行团的十几个陌生游客一起去海里潜水。不同于在夏威夷的那一次，这次，我们搭着像在公园的水池上漂浮的小船前往，带我们去的唯一的教练，是一位看起来就像渔夫的老伯伯。

大家欢呼着嬉戏着海水，但一小时不到，身体就渐渐变冷了。不仅是我，其他人也一样，渔夫也说“差不多该回去了”。当所有人朝向海滩游泳时，身体已经冷到了骨子里，手脚沉重得无法动弹。船上只能坐三个人，另外两个无力游泳的女孩子已经上了船，渔夫拼命地摇着桨。我用尽浑身的力气蹬着蛙鞋，不让自己离船太远。周围一片不祥的沉默，大家都已经顾不了别人了。海岸近在眼前，却好像永远都到不了。当时，我很认真地想着一件事——原来，人就是这么在海上遇难的。与此同时，“我不想死在这里”的念头激励着我，让我使尽全力奋力游向岸边。在经过仿佛是“永远”的漫长时间后，好不容易上岸的人们早已动弹不得。我拿着毛巾，浑身颤抖地看着连游得很好、看起来体力充沛的男生，也连滚带爬地上岸的样子，真正感受到了大海的可怕。

追根究底，任何动物都来自大海。所以，生活在陆地上的所有哺乳类动物在紧要关头都会游泳。然而，人类却极端缺乏这种能力，尤其是生活在都市的普罗大众。

俗话常说，必须脚踏实地。然而，现在我有时候想要去脚不着地的大海。于是，就可以忘记日常生活，让我回想起自己和生活在大海中的生物一样，只是普通的动物。人类这种动物正因为缺乏了在大自然中生存的能力，所以才学会了使用大脑。

当微弱的自己被巨大的海洋包围时，可以让我暂时从社会这个扭曲的装置中获得解放。

奢侈的副驾驶座

-

拥有昂贵的东西

和拥有奢侈的东西是两回事。

-

我认为，有些车子深得宠爱。但并不是被众人所爱，而是深得车主的宠爱。这当然不是指车子的价格昂贵或是永远都擦得铿光瓦亮之类的事。

我二十岁出头考到驾照后，始终没有开过车，所以，我坐副驾驶座的历史相当悠久。当我坐在副驾驶座时，可以很客观地了解车主对自己的车子到底有着怎样的感情。

不久前，我再婚了。我带着我的猫，丈夫带着他的车建立了新家庭。这辆车像我的猫一样备受宠爱。但从来没有人告诉我，我爱我的猫，我的丈夫也不知道自己爱着那辆车。

丈夫的车子是一辆称不上是新车的Diamante[1]，已经开了十六万公里。是一位长辈便宜转卖给他的，当时，已经跑了十三万公里。想必之前的车主开着这辆车四处云游。车身和引擎盖上的小刮伤很容易让车子显得老旧，但目前这辆车况仍然良好的车子，让人联想到用惯了的皮包。

丈夫虽然不会洗车、打蜡，却很小心地开车，但即使再长的距离，即使是从没去过的地方，他也会轻松地开车前往。丈夫半开玩笑地说，他是“以车代拖鞋”。我喜欢他的这种态度。过重或过轻地对待某件事物，都代表对这件事物缺乏爱。如果把猫当人一样疼爱，就是对猫很失礼；车子就只是车子。而且，爱绝对不是只能针对人发挥的感情。

我有一位比我年轻的女性朋友，在教练场当教官，她也很爱自己的车子。虽然那是一辆小型国产车，但她每天都向车子请安，开着这辆车去工作、去玩乐。

有车可以爱是一件多么奢侈的事，这让从来不曾拥有过车子的我感到十分羡慕。我说奢侈，并没有指责的意思，而是认为这是一种心灵的丰富。当一个人用丰富的心开车时，坐在他旁边会感到很舒服。

年轻时，我也坐过不受宠爱的车子。那辆刚买不久的车子是众所周知的外国高级名车，这个男人的手上也戴着和车子一样擦得锃

[1] 三菱的汽车。

光瓦亮的名牌腕表。年轻的我，内心还曾经感到战战兢兢“哇，这个人很有钱”。但是，当车子行驶在街头，在到处都是红绿灯的市中心，他也一下子拼命踩油门，一下子猛踩刹车。虽然车内毫无灰尘，但当他点烟后，就打开窗户，将烟灰弹在马路上。我依稀记得看到他的这些举动时的失望心情，觉得这个人也不过如此。

拥有昂贵的东西和拥有奢侈的东西是两回事。

专门霸占副驾驶座的我很幸福。虽然我得拜托别人帮我开车，但对于除此之外的所有事都可以自行解决的我而言，当拜托丈夫或朋友开车带我去某个地方时，感觉就像小孩子在撒娇一样。

副驾驶座的幸福，不仅在于不必担心走哪条路、车检和税金的问题，更可以闭上双眼，用眼睑感受从车窗吹进来的风，不需要在意前方的红绿灯，尽情地享受行道上树的绿意。

因为是别人开车，所以，很长一段时间，我坐在副驾驶座时，都不忘坐得直直的。但带着一辆车和我结婚的车主对我说，坐在副驾驶座上，可以把椅子放下来睡大头觉。第一次有人对我说这种话，把我吓了一大跳。在备受宠爱的汽车的副驾驶座上，我可以把座椅放下来，欣赏挡风玻璃前的整片天空。但迄今为止，我还没有睡过一次。在两个人日积月累地行走万里的旅程中，有朝一日，我或许可以奢侈地在副驾驶座上睡一觉。

图书在版编目（CIP）数据

一切的一切，都交给时间吧 /（日）山本文绪著；
王蕴洁译 . — 北京 : 中国友谊出版公司 , 2019.3
ISBN 978-7-5057-4601-5

Ⅰ . ①一… Ⅱ . ①山… ②王… Ⅲ . ①随笔 – 作品集
– 日本 – 现代 Ⅳ . ① I313.65

中国版本图书馆 CIP 数据核字（2019）第 031192 号

书名　一切的一切，都交给时间吧
作者　[日]山本文绪
译者　王蕴洁
出版　中国友谊出版公司
发行　中国友谊出版公司
经销　新华书店
印刷　嘉业印刷（天津）有限公司
规格　880×1230 毫米　32 开
　　　9.75 印张　170 千字
版次　2019 年 11 月第 1 版
印次　2019 年 11 月第 1 次印刷
书号　ISBN 978-7-5057-4601-5
定价　42.00 元
地址　北京市朝阳区西坝河南里 17 号楼
邮编　100028
电话　（010）64678009